角川春樹事務所

目次

登場人物

芹（せり）
掛け茶屋「まめや」で働きながら、青物売りをしている母親と長屋住まい。かつては役者で市村座の舞台に立ったこともある父の万吉（まんきち）から、幼い頃に踊りや芝居の所作を叩き込まれていた。

才（才花）（さい（さいか））
江戸屈指の札差「大野屋（おおのや）」の娘。恵まれた容姿を持ち、どんな習い事にも真剣に取り組む努力家。内心で世間体ばかりを気にする見栄っ張りな父に反発心を抱いている。

紅（花紅）（こう（かこう））
才の幼馴染みで、江戸でも名が知られている魚屋「魚正（うおせい）」の跡取り娘。丸顔で父親に似た顔立ちから、才の美しさに憧れている。

仁（花仁）（さと（はなさと））
大名家や寺院などに出入りする仏具屋「行雲堂（こううんどう）」の娘。色っぽい見た目に反して辛辣な物言いが多い。戯作好き。

静（静花）（しず（しずか））
南伝馬町（みなみでんまちょう）にある薬種問屋（やくしゅどいや）「橋本屋（はしもとや）」の娘。身体が弱い上に極端な人見知りだと思われていたが……。仁の幼馴染み。

東花円（あずまかえん）
才たちの踊りの師匠。西川流の名取だったが破門され、田沼意次（たぬまおきつぐ）の力添えで自ら東流を立ち上げた。

大江戸少女カゲキ団 五

おおえどしょうじょかげきだん

一

昼から降りだした雨は、いまも降り続いている。

芹は耳にうるさい雨音を聞くともなしに聞きながら、父の亡骸を見下ろしていた。

居酒屋で酔っ払い、喧嘩をして殺される。

それだけなら気の毒な話でも、父から先に殴りかかり、あまつさえ武器にしようと割った銚子を奪われた果てに死んだとなれば、同情の余地は一切ない。人の死にざまはさまざまあれど、これほど情けないものは少ないだろう。

そもそも、芹の父の万吉は誰もが認めるろくでなしだ。

川崎万之丞の名で市村座の舞台に出ていた頃はいざ知らず、一座を追われて幇間になってからは、見目のよさに物を言わせて女に食わせてもらっていた。芹の母の和だって、そういう女のひとりに過ぎない。

役者の父に心底惚れ込んでいた母は、父が幇間になっても貢ぎ続け、お情けで抱いてもらって芹を産んだ。そんな事情で生まれた我が子を父が顧みるはずもなく、母の昔馴染みである登美の怒りと恨みを買った。

そのくせ、言葉を覚え始めた芹に芝居の才を見出すと、世間に息子と偽って役者にしようと目論んだ。挙句、しくじったとわかるや否や、芹たち母子を見限ってすり鉢長屋を出ていった。

それでも、芹は何年も役者になる夢を見続けた。

自分が立派な役者になれば、父も昔のようにほめてくれる。また親子三人で暮らせるようになり、母も喜んでくれるはずだと。

だが、金の無心に来た父から「男女は役者になれない」と面と向かって罵られ、ようやく役者の夢をあきらめたのだ。

才たちに反発しつつも娘一座に加わったのは、歌舞伎役者にこだわる父を人知れず見返したかったから。父が望む名題役者にはなれずとも、女だって男に負けない芝居ができると世間に知らしめてやりたかった。

だから、父が死んだって驚きはしても、悲しみはしない。母につきまとう疫病神がいなくなり、せいせいすると思ったのに。

——こいつは仏の懐に入っていたもんだ。財布についた血は洗ったが、こっちは洗うわけにもいかなくてよ。

番屋で十手持ちが差し出したのは、汚れた財布と血で真っ赤に染まった遠野官兵衛の錦絵だった。さらに喧嘩になったきっかけが少女カゲキ団の悪口だと聞かされて、人目もはばからず泣いてしまった。

毎月八のつく日は、高砂町にある東花円の稽古所で少女カゲキ団の稽古がある。昨日は八月八日のため、芹は西両国にある掛け茶屋まめやにいなかった。間の悪い父はそれを知らずに顔を出し、店主の登美に追い払われた。

もうひとりの手伝いである澄からその話を聞いたときは、「会わずにすんでよかった」と安堵したくらいである。

常に金に困っている父のことだ。官兵衛の錦絵を見て自分の娘だと見抜き、口止め料でもせしめに来たかと危ぶんだ。

しかし、十手持ちの話から、自分の疑いが邪推だったとわかってしまった。娘を単なる金蔓と思っていたら、少女カゲキ団が何と言われようと怒ることはなかっただろう。まして素手ではかなわぬ相手と知るや、割った銚子を武器にして襲い掛かろうとするなんて。

おとっつぁんは昨日、あたしに何を言いに来たの。

もしかして、昔のように「さすがは俺の子だ」と言いたかったの？

だとしたら――恥知らずにもほどがある。

実の娘をさんざん蔑んでおきながら、いま江戸で人気の少女カゲキ団だとわかったとたん、父親面をしようとするなんて。

父に捨てられてから、すでに十年の月日が流れた。たやすくほだされるものかと歯ぎしりする一方で、真っ赤な血で貼り付いた三枚の錦絵が芹の頭から離れない。

いつも「金に困っている」と言って母にたかりに来るくせに、一枚三十二文の錦絵をなぜ三枚も買ったのか。百文近い金があれば、もっとましな居酒屋に入り、人足と喧嘩をすることもなかったろうに。

あたしが昨日、まめやにいれば……。そもそも、少女カゲキ団に入らなければ、おとっつぁんは死なずにすんだのかしら。

そんなふうに考えてしまうのは、すでにほだされかかっている証だろう。

好きと嫌いは裏表、ふとした弾みでひっくり返る。芹が長年父を恨んできたのだって、幼い頃は母よりも父を慕っていたからだ。

いまも気を緩めれば、ひとりでに眼がうるみ出す。父に芝居を教わった幼い日の思い出が次から次に浮かんでくる。

六つで父と別れてから、いい思い出なんてひとつもない。

それでも、芹が芝居小屋を追われるまでは、熱心に芝居を教えてくれた。長い台詞をつかえることなく言い通せれば、「うまいぞ、さすがは俺の子だ」と、芹の頭を撫でてくれた。いつも「役者は舞台の上でなら、どんなものにもなれるんだ」と得意げに語っていた。

春にやった「再会の場」が娘たちに受けたのも、父の教えがあったから。父はそれをわかっていて、捨てた娘に会おうとしたのか。

いっそ、嫌なことしか覚えていなければ、涙なんて出ないのに。

あたしがここで泣いたところで、おとっつぁんが生き返るわけじゃない。おっかさんは当てにならないし、めそめそしている場合じゃないわ。

十六はもう親に甘える歳ではない。膝頭を摑む手に力を込めれば、「お芹ちゃん」と声がかかった。

「大変なことになっちまったね。気をしっかり持つんだよ」

「は、はい、差配さんとおかみさんには、いろいろ面倒をおかけします」

大人ぶって答えたものの、半べそをかいている顔は歳より幼く見えるだろう。芹は着物の袖で目をこすり、自分の前に膝をつく差配の女房の文に頭を下げた。

　差配夫婦はすり鉢長屋の木戸脇にある二階家に住んでいる。文は長年値の張る着物の仕立をして下手な男より稼いでおり、貧乏長屋の住人と関わることが少なかった。だが、親を殺された十六の娘を放っておけなかったのか。「よかったら、お食べ」と盆に載せた握り飯とお茶を差し出した。

「昼からこっち、てんやわんやで何も食べちゃいないだろう。じきに梅吉が坊さんを連れてくるからさ。いまのうちに食べちまいな。読経の最中に腹が鳴ったら、みっともないよ」

　からかい混じりに言われたとたん、空きっ腹が音を立てる。芹は帯の上から腹を押さえ、小さな声で礼を言った。

「ああ、仏さんのそばだと食べづらいかもしれないね。よかったら、台所で食べておいでな。お芹ちゃんの代わりに、あたしが仏についているから」

　文の気持ちはありがたいが、実の父の亡骸をよく知らない相手に任せるのは気が引ける。芹は「ここで平気です」と断って、握り飯に手を伸ばした。

　泣いても笑っても、親が死んでも腹は減る。冷や飯を握った塩むすびは米が少し硬かったが、やけにおいしく感じられた。

もっとも、父がこれを食べたら盛大に文句を言っただろう。親子三人で暮らしていた頃、父は母の料理にケチばかりつけていた。

――何だ、また鰯(いわし)かよ。

――また百川(ももかわ)の椀(わん)が食いてぇもんだ。

――舌の肥えている俺に、よくこんなもんばかり出せるもんだぜ。

川崎万之丞を名乗っていた頃、父は贔屓(ひいき)に連れられて一流の料理屋でさんざん飲み食いしていたという。

だが、最後に足を運んだのは、ただ安いだけの居酒屋だったらしい。死ぬ前に何を食べたか知らないが、大したものではないだろう。

そこで見ず知らずの相手に喧嘩を売って、殺されるなんて馬鹿じゃないの。馬鹿だ、馬鹿だと思っていたけど、ここまで馬鹿とは思わなかった。

父を恨んでいたけれど、死んでほしかったわけじゃない。

縁が切れたと思っていても、血のつながりはなくならないのだ。

芹はやり場のない怒りを持て余しつつ、握り飯を食べ続けた。

「おかみさん、ごちそうさまでした」

「ああ、ちょっとは顔色がよくなったね。人は腹が減っていると、ろくなことを考えないもんさ」

文はそう言って微笑（ほほえ）むと、空になった皿を下げる。

普段付き合いのない文が世話を焼いてくれるのは、芹が父の亡骸と差配の家にいるせいだ。

貧乏人はみな狭い長屋で暮らしている。差配の家に転がり込むことができなければ、芹は父の亡骸を抱えて寺の軒下で雨宿りをしていたかもしれない。

「本当に、このご恩は忘れません」

思わず手を合わせれば、文が苦笑して手を振った。

「困ったときはお互いさまだよ。子供が気にすることじゃないさ。それにしても、お和さんはどうしちまったのかねぇ」

ため息混じりに呟（つぶや）かれ、芹は気まずく目を伏せた。

差配が父の死を知らせたときから、母は頑（かた）くなに信じようとしなかった。

とはいえ、父の亡骸を自分の目で見れば、嫌でも観念するだろうと思ったのに、

——お芹、気は確かかい。この薄汚れた骸（むくろ）がおまえのおとっつぁんなわけないじゃないか。番屋で何を吹き込まれたか知らないけれど、さっさと持って帰らせとくれ。

母は戸板の上の亡骸を一瞥（いちべつ）しても、「別人だ」と言い放った。

首を刺された父の顔は安らかとは言えないが、人相は十分判別できる。芹だってひと目で父だとわかった。

それでも「別人だ」と言い張る母に、登美は化け物でも見たかのように盛大に顔を引きつらせる。芹もまさかの成り行きに口から言葉が出なかった。

あれほど惚れていた相手が死んだのだ。てっきり、亡骸に取りすがって泣き崩れるとばかり思っていた。

一方、差配は歳の功と言うべきか、様子のおかしい母を見ても立ち直るのが早かった。「お和さん、これは間違いなく万吉だよ。もう一度よく見てご覧」と穏やかに促してくれたのだが、

――差配さん、あたしは川崎万之丞が死ぬところを何度となく見ているんだ。そりゃ、惚れ惚れするような死にっぷりで、満座の拍手をさらったもんさ。あの人に限ってこんなみっともない姿になるもんか。

川崎万之丞が死ぬところ――それは舞台の上だろう。母の無茶苦茶な言い分に、差配も言葉を失った。

子供だって舞台の上で役者が死ぬのは、あくまでふりだと知っている。母は芝居と現実の区別もつかなくなったのか。言葉のない三人に代わり、父の亡骸を長屋に運ん

できた下っ引きが前に出た。

――いい歳をして、なに馬鹿なことを言ってやがる。芝居なんざ、所詮は真似事の嘘っぱちだろうが。そんなもんにこじつけて、元亭主の亡骸を突っ返そうとするなんてどういう了見だ。

――そっちこそ馬鹿を言うんじゃないよ。芝居は真似事の嘘っぱちなんかじゃない。いい役者は舞台の上で本当に生きて、死ぬんだよ。あんたのような若造は知らないかもしれないが、川崎万之丞は日本一の役者なんだ。こんなみじめな死に方をするはずがないんだよっ。

母は腕っぷしの強そうな相手にも怯むことなく、甲高い声で食って掛かる。芹はそんな母を見ているうちに、「仮名手本忠臣蔵」の六段目、「勘平切腹」の場面を思い出した。

――いかなればこそ勘平は、早野三左衛門が嫡子と生まれ、十五の年よりご近習勤め。百五十石頂戴いたし、代々塩冶の御扶持を受け、束の間ご恩を忘れぬに、色にふけったばっかりに、大事の場所にも居り合わさず、その天罰で心を砕き、御仇討ちの連判に加わりたさに調達なしたる、金もかえって石瓦、いすかの嘴ほど食いちがう、言い訳なさに勘平が、切腹なしたる身の成り行き、御両所方、御推量くださいませ。

川崎万之丞が代役を務め、出世のきっかけとなった勘平の死――母もその舞台を見て、父に惚れ込んだと聞いている。

母にとっては、舞台の上の父こそ本物だった。ならば、どうして幇間になってからも貢ぎ続け、自分を産んだりしたのだろう。

混乱する芹をよそに、下っ引きが声を荒らげた。

――おめぇがどんな御託を並べようと、差配と娘はこの骸が万吉だと認めたんだ。さっさとうちにいれねぇと、罰が当たるぞ。

筵はかけられているものの、雨の中を運ばれてきた骸は濡れそぼっているはずだ。母はそれでも一歩も引かず、戸板を挟んで下っ引きと睨み合う。

だが、町方同心の手先と揉めれば、後が怖い。芹は母の袖を引いて黙らせようとしたけれど、母はなおも抗った。

――ふん、そっちが勝手に持って来て「罰が当たる」もないもんだ。赤の他人の亡骸を押し付けられるなんて真っ平ごめんさ。

――赤の他人って……お和さん、この人は間違いなく、あんたが惚れた万吉じゃないか。もう一度よく見てご覧よ。ろくでもない男だったけど、お芹ちゃんの父親で、あんたがさんざん尽くした相手だろう。一体どうしちまったのさ。

ついに黙っていられなくなったのか、登美が母の肩を摑む。

父が生きている間は蛇蝎のごとく嫌っていたが、信心深い登美のことだ。仏になった相手を粗末に扱えないのだろう。目を覚ませと言わんばかりに母の身体を揺さぶるが、母は居直ったようにうそぶいた。

――あたしが惚れていたのは役者の川崎万之丞で、幇間の万吉なんかじゃない。お登美さんも知っているだろう。

――どっちも同じ人じゃないか。それに万吉は二十年近く売れない幇間をやってたんだよ。川崎万之丞の名をいまも覚えている人がどれほどいるか……。

――幇間はあくまで仮の姿、またいつか川崎万之丞として返り咲くと、あたしはずっと信じていたんだ。それなのに幇間のまま死ぬなんて……ああ、忌々しいったら、ありゃしない。とんだ骨折り損のくたびれ儲けだ。

とんでもない言い分に芹の背中は粟立った。

この先父が生きていても、役者として返り咲く見込みなんてかけらもなかった。十六の芹が生まれる前から、父は幇間として生きてきたのだ。それでも、母はあり得ない夢を信じてきたのか。

そもそも、おとっつぁん自身に役者に戻る気がなかったもの。

でなきゃ、幼いあたしに芝居を教えて、「俺の代わりに名題役者になれ」なんて言いやしないわ。

父子のやり取りを見ていた母は、それくらいわかっていたはずだ。二転三転する母の言葉に芹はただ翻弄されていた。

そんな店子を見かねた差配が「亡骸はうちで引き取ります」と申し出てくれなければ、一体どうなっていたことか。

赤の他人だって行き倒れの旅人を放っておかないものである。手当の甲斐なく命を落とせば、弔ってやるだろう。父を差配の家に運び込んで布団の上に寝かせたとき、芹は心の底からほっとした。

いまごろ母は差配と登美の二人がかりで諭されているに違いない。さっきの様子を見る限りでは、にわかに言い分を改めるとは思えないが。

おっかさんはおとっつぁんが絡んだとたん、馬鹿になると思っていたけど……こういう馬鹿をやるとは思わなかったわ。

母と二人で暮らして十年、たったひとりの身寄りのことは誰よりもわかっているつもりだった。母は父に首ったけだったから、自分を産んだのだと思っていたのに。

おとっつぁんが死んだとたん、あんなことを言い出すなんて。おっかさんはおっかさんで、自分に都合のいい夢を勝手に見続けていたんだね。おとっつぁんがあたしを役者にしようとしたのと同じように。

そんな両親の間に生まれて、自分はこれからどうなるのだろう。眉間を押さえる芹のそばで、文が大きなため息をつく。

「とうの昔に別れた男は赤の他人かもしれないけどねぇ。子まで生した仲なのに、よくも知らん顔ができたもんだ。あたしはお和さんを見損なったよ」

文は亭主の差配からすでに詳しい話を聞いたらしい。忌々しげに舌打ちされて、芹は「すみません」と謝った。

「本当に差配さんとおかみさんには迷惑をかけてしまって……」

「だから、あんたは謝らなくていいんだよ。あたしはお芹ちゃんに文句を言っているわけじゃないんだから。ところで、万吉の身内は他に誰かいないのかい。もしいるなら、死んじまったことを急いで伝えないと」

「いえ、多分いないと思います」

役者だったという父の父はとっくに死んでいる。兄弟がいるとも聞いていないし、父の女に知らせる義理もないだろう。芹が首を横に振ると、文はなぜか当てが外れたように肩を落とした。

「それじゃ、香典も当てにできないのかい。本人の貯えもないだろうに、最後まで傍迷惑な男だよ」

急に金の話が出てきて、芹は内心青ざめる。

人は生きている間はもちろん、死んでからも金が要る。坊主に払うお布施や早桶代、墓代だってタダではない。地獄の沙汰も金次第とは、よく言ったものである。

うちにある貯えで足りるかしら。いざとなったら、あたしがまめやのおかみさんに前借するしかなさそうね。

一番の心配は、いまの母が父の弔いに金を出すかということだ。芹が不安になったとき、同じ長屋に住む梅吉が僧侶を連れてきた。

「おかみさん、和尚さんを連れてきたぜ」

「それじゃ、あたしがお和さんたちを連れてこよう。お芹ちゃん、和尚さんと梅吉にお茶を出しといて」

文は早口で命じると、すり鉢長屋へと駆けだした。

その夜の通夜は、ひどく寂しいものだった。

芹の他に顔を出したのは、差配夫婦と梅吉だけ。

喪主を務めるべき母は、とうとう顔を出さなかった。登美はそんな母が気がかりで、そばを離れられないらしい。

「ともあれ、お和さんはひとりじゃない。お芹ちゃんはおっかさんの心配をしなくていいからね」

差配はそう言いながら、膳の上を見てため息をつく。

夕餉のおかずはこんにゃくの煮物と漬物だけで、生臭物は一切ない。芹は相伴にあずかりながら、「すみません」と小さくなった。

「うちの両親のせいで、迷惑ばかりかけてしまって」

通夜の席で坊主に渡したお布施だって、差配に立て替えてもらっている。ひたすら肩身の狭い芹に「気にしなさんな」と文が笑った。

「あたしと亭主の夕餉は普段からこんなもんだから。年寄りは豆腐やこんにゃくが好きなんだよ」

文はそう言ってくれたけれど、差配の顔つきは悲しげだ。いつもはもっといいものを食べているに決まっている。

夕餉を終えると、三人揃って仏のいる座敷へ移る。夜四ツ（午後十時）の鐘が鳴り始めたところで、芹はおずおずと切り出した。

「あの、今夜はあたしがおとっつぁんについています。差配さんとおかみさんは、どうか二階で休んでください」

今夜は線香番が必要とはいえ、三人もいる必要はない。

自分ひとりのほうが気楽だが、差配夫婦は父を亡くしたばかりの娘を放っておけないのだろう。すぐさま首を左右に振られた。

「お芹ちゃん、困ったときはお互い様だ。遠慮しなくていいんだよ」

「そうだよ。水臭いことを言いなさんな」

そう言ってもらえるのはありがたいが、こっちは早くひとりになりたい。そこで適当に言い繕うことにした。

「でも、明日はおとっつぁんをお寺に運ばないといけません。うちのおっかさんは当てにならないし、まめやのおかみさんもおっかさんから離れられないでしょう。差配さんたちは寝ずの番よりも、明日に備えてほしくって」

「心配しなさんな。一晩くらいでどうにかなるもんじゃない」

「そうだよ。あたしだって急ぎ仕事を頼まれたら、一晩や二晩は寝ないで針を動かすんだから」

面倒見のいい差配夫婦と押し問答をしていると、玄関先で声がした。

町木戸が閉まったいまになって通夜の客が来たのだろうか。芹が迎えに出てみたら、登美がひとりで立っていた。

「こんな時刻にすまないね。いまから仏に手を合わせることはできるかい」

「それはもちろん、いいですけど」

知らぬ間に雨はあがったようで、登美の手に傘はない。芹は登美の先に立ち、仏のいる座敷に案内した。

「あの、おっかさんは……」

母が正気に戻っていれば、登美と一緒に来ただろう。期待半分で尋ねると、相手は困ったように頭(かぶり)を振る。

「まだ万吉の死を呑(の)み込めないみたいでね。でも、夕餉はちゃんと食べさせたし、いまは布団で寝ているから。あまり心配しなさんな」

「……はい、ありがとうございます」

食べて寝ることができたなら、母は恐らく大丈夫だ。芹が安堵(あんど)の息を吐くと、差配も表情を明るくした。

「なら、明日は寺に行けそうかい」

「それはまだ何とも言えませんね。お和さんの頭の中じゃ、幇間の万吉が役者の川崎万之丞を殺した仇みたいになっちゃって。どっちも同じ男なのに、なんでそんなふうに考えるんだか」

辻褄の合わないことを言う母に登美も手を焼いているようだ。差配は聞えよがしなため息をつき、おもむろに腕を組む。

「万吉が長屋を出ていってから、十年も経つのにねぇ。しっかり者のお和さんがこんなことになるとは思わなかったよ」

「あの人は昔っから万吉が絡むと、馬鹿になっちまうんです。だからこそ、最後の別れはちゃんとしろって言い聞かせたんですけどね。でないと、正気に戻ったときに後悔するに決まってますから」

それは早くに亭主を失った登美の実感に違いない。枕元に膝をついて父の死に顔を見つめると、慣れた手つきで線香をあげ、目をつぶって両手を合わせた。

「さて、後はあたしがお芹ちゃんを引き受けます。差配さんたちはどうぞ二階で休んでくださいな」

登美は差配のほうに向きなおるなり、いきなりそう切り出した。言われた夫婦は驚いたのか、互いに顔を見合わせている。

「本当はお和さんも連れてきて、夜っぴて万吉に文句を言うつもりだったんです。こうなったら、あたしがお和さんの分まで言ってやりますよ」

ついては外聞をはばかる話もあるため、お芹ちゃんと二人にしてほしい——そんな登美の言い分に文が嫌な顔をした。

「あたしたちに聞かせられないことを娘の耳に入れるのかい」

「おかみさん、心配はご無用です。あたしがこれからする話は、お芹ちゃんも知っていることですから」

あまり付き合いのなかった文は、ぎょっとしたような目でこっちを見る。芹がひとつうなずくと、眉（まゆ）を下げて差配のほうに振り返った。

「そういうことなら……おまえさん、あたしたちは休ませてもらおうか」

「だが……」

「あたしたちより、お登美さんのほうが仏と長い付き合いだもの。お和さんに代わって言いたいこともあるだろうさ」

「それもそうだな」

差配夫婦の気遣いに登美と揃って頭を下げる。ほどなくして二人は座敷からいなくなり、芹は肩の荷が下りた気になった。

今日は一日世話になったけれど、差配の前では気が抜けない。馴染みの薄い文もいるから、なおさら身構えてしまう。

しかし、このまま登美に甘えていいのだろうか。

恐る恐る「明日の商売に障りませんか」と尋ねれば、相手は笑って胸を叩いた。

「心配いらないよ。明日は休みにするって、お澄さんに言ってあるから」

今日の六ツ半（午後七時）過ぎに、澄はすり鉢長屋に顔を出したらしい。そのときに明日は商売を休むと伝えたそうだ。

「客は文句を言うかもしれないけど、たまには大目に見てもらうさ」

登美は明るく言ってくれるが、本当にそれでいいのだろうか。

今年は書き入れ時の夏が悪天候で、ちっとも儲からなかったのに。不安が胸をかすめたが、登美には「ひとりで平気です」と強がることができなかった。

芹にとって、登美は第二の母ともいうべき人だ。

実の母が頼りにならない現在、自分のそばにいてほしい。洟をすすって「すみません」と謝れば、登美は立ち上がって雨戸を開けた。

とたんに雨上がりの風が吹きこんで、座敷の中に立ち込めていた線香の匂いが抜けていく。同時に呼吸が楽になり、芹はひそかに目を瞠る。どうやら、慣れない線香の匂いに息を詰めていたようだ。

今年は涼しくなるのが早かったので、虫の声もそろそろ聞き納めだろう。弱々しくも軽やかな声に交じり、夜回りの打つ柝と「火の用心」の声がした。

青物売りをしている母の朝は早い。いまごろは長屋で川崎万之丞の夢でも見ているのか。

「ところで、差配さんから話を聞いたよ。万吉のやつ、遠野官兵衛の錦絵を懐に入れていたんだってね」

登美に話しかけられて、芹は慌てて顔を上げる。差配は母と登美に番屋で聞いたことを告げたらしい。

「あんなろくでなしでも、人並みに親子の情はあったんだねぇ。あたしはほんの少し見直したよ」

「そうでしょうか」

芹にはあいにく恥知らずな掌返しとしか思えない。不満もあらわに返事をすれば、登美は大きくうなずいた。

「そうだよ。でなきゃ、男にしか見えない若い娘の錦絵なんて、大の男が持ち歩いたりするもんか。喧嘩のきっかけも、少女カゲキ団の悪口を言われたからだって言うじゃないか」

登美は少女カゲキ団の遠野官兵衛が芹だと知っている。そこまでひと息にしゃべってから、二階に差配夫婦がいることを思い出したらしい。慌てて口を押さえると、続きは声を潜められた。

「あたしだって遠野官兵衛の錦絵を見て、川崎万之丞に似ていると思ったんだ。本人が目にすれば、気付かないはずがない。まめやに顔を出したのだって、お芹ちゃんに会って事の次第を確かめるつもりだったんだろう。こんなことになるとわかっていれば、追い返したりしなかったのに」

誰よりも父を嫌う登美は、すりこ木を振り回して追い払ったと聞いている。後悔をにじませる姿を見て、芹は首を左右に振った。

「あたしだってお澄さんから話を聞いたとき、『その場にいなくてよかった』と思いました。遠野官兵衛の正体を見破って、金を強請りに来たのかって」

「お芹ちゃんがそう思うのも無理ないさ。あの男はお和さんをさんざん食い物にしてきたからね。あたしもそれを知っているから、向こうの話を聞く前に追い払っちまったんだけど」

「酔っ払い同士の喧嘩と言われても、あたしが頼んだわけじゃない。少女カゲキ団をかばってくれなんて、誰も言っていないのに」

「まったくだよ。挙句、自分が殺されて、お和さんはおかしくなって。あの男は本当に疫病神だ」

登美は容赦なく父を罵るものの、その口ぶりにはいつもの勢いがない。それが芹を不安にさせた。

この十年、父にどこまでも甘い母と言い争うことは度々あった。そんなときは登美に相談して、「そりゃ、お芹ちゃんのほうが正しいよ」と背中を押してもらってきた。いまだって登美は母の知らない秘密――少女カゲキ団のことも知っている。

だから、聞かずにいられなかった。

「おとっつぁんはあたしが遠野官兵衛だと知って、うれしかったかしら」

「そりゃ、そうだろう。あいつは人気役者だったと威張ったところで、所詮は相中止まりだもの。錦絵が売り出されるのは、大看板ばかりじゃないか。自分の若い頃にそっくりな錦絵を見て、舞い上がったに違いないよ」

「あたしのような男女は役者にも芸者にもなれないって、さんざん馬鹿にしたくせに
……あたしの錦絵を見て喜ぶなんて厚かましいわ」

「まったくだ。父親の務めなんてこれっぽっちも果たさないで、お芹ちゃんが正体を

隠して役者になったら、さっそくすり寄ってくるなんてさ」

胸にくすぶる思いを口にすれば、望む答えが返ってくる。

だから、一番聞きたかったことを口にした。

「あたしが少女カゲキ団に入らなければ……おとっつぁんは死なずにすんだかしら」

自分に甘い登美のことだ。きっと、「そんなことはない」と言ってくれる。そうすれば、この後ろめたさから逃れられると思ったのに。

「……いまの話は本当かい」

開け放った障子(しょうじ)の向こうから声がして、芹の息が一瞬止まる。

おっかなびっくり顔を向ければ、闇(やみ)の中に母が幽鬼のごとく立っていた。

「お芹、少女カゲキ団って何のことさ。あの人が酔って喧嘩をしたのは、あんたのせいだったのかいっ」

芹をじっと見据えたまま、母がこっちに近づいてくる。

その鬼気迫る表情に、芹はすくんで声も出ない。登美もびっくりしたらしく、喉(のど)につっかえたような声を出した。

「お、和さん、あんた、寝ていたんじゃ……」

「眠るつもりが寝付かれないから、ここへ来る気になったのさ。お芹のことが気になったし、お登美さんも言ったじゃないか。最後の別れはしておけって」

「そりゃ、言ったけど……まさか庭から来るなんて……」

うろたえる登美は目を泳がせ、もごもごと口ごもる。母はさっさと下駄を脱ぎ、濡れ縁から座敷に上がり込んだ。

「差配さんの前で騒いだ手前、玄関から入りづらくてね。雨戸が開いているのを見て、庭に回ってみたんだよ。まさか二人がそんな話をしているとは思わなかった」

横たわる父の亡骸には見向きもせず、母は仁王立ちで話し続ける。芹も立ち上がってみたものの、あいにく声が出なかった。

「どうも変だと思ったんだよ。あの優男が酔っていたとはいえ、進んで喧嘩を売るなんて。しかも、ひとりで数人を相手にしたって言うじゃないか」

「お、おっかさん、あたしは……」

「あの人は小心者だから、勝てない喧嘩をする人じゃない。まして、女子供のお遊びに興味を持ったりするもんか」

青物売りで鍛えられた母の声は大きい。

だが、いまは声を張り上げず、芹をじっと見つめたまま、嚙みしめるようにしゃべっている。

幼い頃から、母に叱られたことは何度もある。けれど、震えが来るほど恐ろしいと思ったのは初めてだ。芹は蛇に睨まれた蛙のように、棒立ちのまま動けなかった。

「お芹は役者になる夢をとっくの昔にあきらめたんだろう。親に隠れていつの間に娘芝居なんて始めたのさ。東流に弟子入りしたのは、その少女カゲキ団に入るためだったのかい」

そう思われても仕方がないが、芹はあくまで踊りを習うために花円の弟子になったのだ。大きく首を横に振るも、母の目はますます険しくなる。

「この期に及んで、まだ嘘をつくのかい」

「おっかさん、違うの。あたしは少女カゲキ団に入るために、踊りの稽古を始めたわけじゃない」

「なら、東流と少女カゲキ団は何の関わりもないんだね」

そんなふうに聞かれれば、うなずくこともできなくなる。困った芹が目を伏せると、いきなり母に頬をぶたれた。

長年棒手振りをしている母の力は男にだって引けを取らない。芹は痛みと驚きで、頬を押さえてうずくまった。

芝居の稽古で父に叩かれたことはあったけれど、母に叩かれたのは初めてだ。登美は血相を変えて芹をかばい、立っている母を睨みつける。

「いきなり娘の顔を叩くなんて、それが母親のすることかい」

「横から口出ししないどくれ。これは親子のことなんだ」

母は負けじと言い返してから、怒りの矛先を登美にも向けた。

「お登美さんこそ知っていたなら、どうしてあたしに黙っていたのさ。お芹が親に隠れて少女カゲキ団に入っていると、教えてくれればよかったんだ。もっと早くに辞めさせていたら、あの人が死ぬこともなかったのにっ」

もし母が少女カゲキ団のことを知っていても、芹を辞めさせたとは思えない。むしろ「うちの娘は遠野官兵衛だ」と、あちこちで自慢しただろう。芹はそう思ったけれど、とても口にはできなかった。

一方、登美は「馬鹿なことを言うんじゃないよ」と怒りで肩を震わせた。

「そりゃ、親に隠し事をしたお芹ちゃんも悪かったかもしれないよ。でも、そのせいで万吉が死んだわけじゃない。あいつは勝手に酔っ払いと喧嘩をして、殺されちまっただけじゃないか」

「だったら、さっきのやり取りは何なのさ。お芹は自分のせいだと思っているから、あんなことを言ったんだろう」

芹は痛む頰を押さえたまま、母と登美の言い合いを聞いていた。

母は父に金の無心をされると、有り金残らず渡してしまうような人だった。芹はその都度母に詰め寄り、「おっかさんはあたしより、おとっつぁんのほうが大事なの？」と目を吊り上げていたのである。

問われた母はいつも言葉を濁していたが、この場でとうとうはっきりした。やっぱり、母は娘より父のほうが大事らしい。

父がすり鉢長屋を出てから、母子で助け合って生きてきた。母子の絆は強いと思ってきたけれど、思い違いもいいところだ。

でも、おとっつぁんの亡骸には見向きもしないし……おっかさんにとって、あたしやおとっつぁんは何だったの？

誰よりも身近な人のことが誰よりもわからない。そんなこっちの気も知らず、母は憎しみもあらわに芹を睨みつけていた。

「この子が余計なことをしなければ、あの人が幇間のまま死んじまうことはなかったんだ。生きてさえいれば、また川崎万之丞として舞台に立つ日もあっただろうに」

「お和さん、いい加減におしよ。万吉が万之丞に戻ることなんて金輪際ありゃしなかった。あんただって本当はわかっていただろう」

「わかっていないのは、お登美さんのほうさ。こんなことになるのなら、娘なんて産むんじゃなかった」

「お和さんっ」

女二人の言い合う声はだんだん大きくなっていく。そこへ寝ぼけ眼の差配夫婦が飛び込んできた。

「一体何があったんだ、あれ、お和さんはいつ来たんだい」

「差配さん、何でもありません。お和さんがまたおかしくなっちまったんで、長屋に連れて帰ります。お芹ちゃんのことは頼みましたよ」

登美は母の口を無理やり塞ぎ、半ばひきずるようにして縁側から出ていった。芹は座り込んだまま、無言で二人を見送った。

「さて、お芹ちゃん。わしらには言いにくいかもしれないが、ここで何があったか話しておくれ」

ややして差配に尋ねられ、芹は身体を硬くする。

登美は最初こそ小声で話していたけれど、母が現れてから声が大きくなってしまった。最後は怒鳴り合いのようになっていたから、二階にいても聞こえただろう。

だが、何をどこまで言えばいいのか。

世話になった差配夫婦に嘘をつくのは後ろめたい。しかし、すべて正直に打ち明けるのもためらわれる。少女カゲキ団のことは自分ひとりの問題ではない。

無言で冷や汗をかいていたら、差配が芹の目をのぞき込む。

「万吉が死んだのはお芹ちゃんのせいだ――お和さんはそう言っていたが、どうしてそんな話になったんだい」

「それは……」

「下っ引きの話だと、万吉は少女カゲキ団を悪く言われて怒ったそうだな。だが、割れた銚子を振り回した挙句、殺されたのは自業自得だろう。お芹ちゃんが遠野官兵衛だからじゃない」

穏やかに諭されて、芹は一瞬息を呑む。

同時に「やっぱり、ばれたか」と観念した。

差配さんはあたしと一緒に番屋で話を聞いているもの。おとっつぁんが遠野官兵衛の錦絵を三枚も持っていて、おっかさんが「あんたのせいだ」と責め立てれば、嫌でも察しがつくわよね。

芹は大きく息を吐き、自分が遠野官兵衛だと白状した。その上で「誰にも言わないで」と差配夫婦に頭を下げた。

「あたしの正体がばれたら、他の仲間にも迷惑がかかります。差配さん、この通りお頼みします」

両手を合わせて懇願すると、相手はあっさりうなずいた。もともと「ひょっとしたら」と思っていたという。

「だが、お芹ちゃんはいつも忙しいだろう。娘芝居をしている暇なぞないと思っていたんだよ。黙っていろと言われれば、誰にもしゃべらないから安心おし」

「あ、ありがとうございます」

「ただし、お和さんはどうだろう。下手に騒ぎ立てなきゃいいけれど……」

心配そうな差配の言葉に、芹は両手を握りしめる。母を連れ帰った登美はうまく口止めできるだろうか。

何気なく外に目を向ければ、雨がまた音もなく降り出していた。

二

中秋の名月を三日後に控え、才は母屋の縁側からひとり月を眺めていた。

夜四ツの鐘はとうに鳴り終わり、家の中は静まりかえっている。才だっていつもなら床に就いている時刻である。

しかし、秋の夜長は人を物思いに誘うものだ。今夜は何だか寝そびれて、まだ寝巻に着替えてもいなかった。

いま才が着ている大振袖は、萌黄の地に大輪の菊が裾と袖に描かれた豪華なものである。一体いつ誂えたのか、今日初めて袖を通した。

見立てた母は「菊の節句には早いけれど」と言いながら、着飾った娘の姿にまんざらでもなさそうな目つきだった。

——お才もすぐに振袖を着られなくなってしまうもの。いまのうちにちゃんと着ておかないともったいないわ。

三千石の大身旗本、秋本家との縁談に一番乗り気な母親は、娘の嫁入り支度をもう始めているらしい。

振袖は未婚の娘の晴れ着である。袖を切って小袖に仕立て直すことはできるけれど、柄によっては小袖に向かないものもある。まずはそういう派手なものから、才に着せたいようだった。

――おとっつぁんが大野屋の暖簾にかけて、お大名家の姫君にも負けないお仕度をしてくれます。たとい大身旗本に嫁いでも、お才が引け目を感じることはこれっぽっちもありゃしないわ。

鼻息の荒い母とは裏腹に、才の嫁入り先が決まったことはまだ表沙汰になっていない。武家の養女となって秋本家に嫁ぐ都合上、仮親がはっきりしないまま大っぴらにはできないらしい。

それでも、母の浮かれた態度から、奉公人はおおよそのところを察している。母屋の女中だけでなく、大野屋の手代や小僧に至るまで、すでに才の縁談は知れ渡っているようだった。

中には「お嬢さん、おめでとうございます」と、笑顔で声をかけるお調子者まで出てきてしまい、すかさず番頭に叱られていた。才は返す言葉に困った末に、聞こえなかったふりで立ち去った。

女にとって、嫁入りは人生を左右する一大事だ。

だが、才本人にできることは、いまのところ何もない。

それをもどかしく思いながらも、秋本利信との縁を結んでくれた父親に感謝の念も抱いていた。

本来、町娘が三千石の大身旗本に嫁ぐことなどありえない。父が金の力に物を言わせてくれたおかげで、「この人となら」と思う夫に巡りあうことができたのだ。

でも、表向きだけとはいえ、武家の娘として嫁ぐのよね。おとっつぁんの娘でよかったと思ったとたん、大野屋の娘ではなくなるなんて……。

秋の夜空に冷たく輝く月を見上げ、皮肉なものだと独り言ちる。蔵前から遠く離れた秋本家の屋敷でも、月は見えているはずだ。

利信はもう床に就いただろうか。それとも、自分のように寝付かれなくて、月を見上げているだろうか……。

ついそんなことを考えて、才は慌てて頭を振る。いま考えるべきは利信のことではない。少女カゲキ団のことだった。

あたしがこんな調子だから、稽古がうまくいかないのよ。飛鳥山での芝居が終わるまで、利信様のことは考えないようにしなくっちゃ。

いくらこっちが思ったところで、当分顔を合わせるどころか、文のやり取りさえ難しい。ならば、目先のやるべきことに集中すべきだろう。才は四日前の稽古のときに、芹から言われたことを思い出す。

――あたしたちは女が嫌で少女カゲキ団を始めたけれど、お才さんはいま男になりたいと思っていないんじゃないの。

――今日のお才さんは水上竜太郎という若衆には見えなかった。袴を穿いた若い娘が男の前で恥じらっているようだったわ。

いずれも身に覚えがあるだけに、言い返すことができなかった。

どれだけ男に言い寄られても、見向きもしない高嶺の花――それが才色兼備で知られた蔵前小町、札差大野屋の娘のはずだ。

ところが、嫁入り先が決まったとたん、他の娘と同じように男の目を気にするなんて情けない。いままで男に媚びる娘たちを見下してきただけに、芹の言葉はひときわ耳に痛かった。

見た目だけなら、着流しのお芹さんのほうが利信様に似ているのに……。どうして、お静ちゃんだと駄目なのかしら。

静が男だと知ったのは最近だが、中身が変わったわけではない。こっちの見る目が変わっただけだと、才も重々承知している。実際、振袖を着ていれば、男だということは気にならなかった。

しかし、芝居の稽古になると、たちまち意識してしまう。髪は島田髷のままでも羽織袴姿だし、静の立ち居振る舞いはもとより、声も男らしくなるからだ。

きっと、あの低い声がいけないのよ。気持ちを押し殺すようなかすれ具合が、利信様に似ているから。

静の扮する高山は官兵衛を斬った竜太郎、すなわち才を非難する。頭では芝居だとわかっていても、何だか利信に責められている気になってしまうのだ。

いっそ、静が普段のように高い声だと助かるのだが、男の静には普段の娘姿こそ偽りだ。少女カゲキ団に入ったのも、人前で男の姿をしたかったからである。念願かなって本来の姿になれるのに、裏声で話すわけがない。

それに高山は官兵衛の友で、江戸勤番の侍という役どころだもの。娘みたいな声を出したら、おかしなことになっちゃうわ。

あたしが役になり切ればすむことよ。お紅ちゃんだってあたしと一緒にお静ちゃんの秘密を知ったけれど、気にせず芝居をしているじゃない。

才は月を見つめたまま、自分自身に言い聞かせた。

あの夜空の月だって見た目は形を変えるけれど、月そのものは変わらない。見た目や声の違いに惑わされてはいけないのだ。

しかし、気にしてはいけないと思うほど、かえって気になってしまう。高山を演じる静の台詞と利信の声がとうとう重なって聞こえてきた。

――そなたは札差大野屋の娘だろう。私は秋本利信と申す。

――拙者は南条藩（なんじょうはん）江戸屋敷に勤める、高山信介（しんすけ）と申す。

ついでに利信の姿まで脳裏に浮かび、才は慌てて耳をふさいだ。

どうしよう……このままじゃ、次の稽古もまともな芝居ができなくなるわ。羽織袴のお静ちゃんを見ただけで、赤くなってしまいそう……。

もしもそんなことになれば、芹に何と言われるか。たやすく想像がついてしまい、才は思わず身震いした。

――竜太郎は官兵衛を討ったばかりなのに、どうして赤くなってんのさ。

――これから官兵衛の本心を知り、竜太郎は後を追うんだよ。高山に気のあるそぶりを見せている場合じゃないだろう。

きっと、師匠や仁（さと）からも白い目で見られてしまう。一緒に芝居をしている紅は困った顔をするはずだ。

だが、考えれば考えるほど、静と利信の声が似ているような気がしてくる。才が月明かりの下でひとりじたばたしていると、

「お嬢さん、まだ起きていらっしゃるんですか」

襖越しに呼びかけられて、誰だろうと身を硬くした。

行灯はもう消してあるのに、どうして起きているってばれたんだろう。このまま返事をしなければ、寝ていると思ってくれないかしら。

そんな才の願いも虚しく、音もなく襖が開く。部屋に差し込む月明かりで、女中頭の蔵だとわかった。

「おやまぁ、ひとりでお月見ですか。お嬢さんは気が早くていらっしゃる」

「……いいじゃないの。一足早く月見をしたって」

十五夜ではないけれど、月に変わりはないでしょう——口を尖らせて言い返せば、蔵が足音を忍ばせて部屋の中に入ってきた。

「お月見は結構ですが、今夜はもうお止めなさいまし。嫁入り前の娘が夜更けまで雨戸を開けておくものじゃございません」

「あら、どうして」

町木戸の閉まる時刻を過ぎて、娘が出歩いているのはまずいだろう。

しかし、自分の家の縁側から月を見るくらい構うまい。怪訝に思って尋ねれば、相手は鼻の頭にしわを寄せた。

「月明かりに照らされたお嬢さんはかぐや姫のような美しさです。遠目に見た手代が血迷ったら大事です」

「そんなことがあるもんですか。お蔵ったら心配性ね」

才は一笑に付したけれど、女中頭はさっさと雨戸を閉めてしまう。有明行灯のかすかな灯りの中、蔵は才の前に正座した。

「お嬢さん、いいですか。恋ってのは人から正気を奪うんですよ」

大店はどこも奉公人の躾にうるさいが、中でも札差大野屋は厳しい。

常に番頭が目を光らせ、二言目には「大野屋の奉公人として恥ずかしくないように」と小僧の頃から言い聞かせられている。行儀や言葉遣いはもちろんのこと、身の程もわきまえているはずだが、それでも油断は禁物だと蔵は言う。

「吉原にいたとき、あたしは幼いながらに色恋沙汰はおっかないって心底思ったもんですよ。道理も分別もわきまえているはずの大の男が花魁に貢いだ挙句、無一文になるんですからね」

暗がりの中で言われると、より言葉の重みと怖さが増すようだ。ためらいがちにうなずくと、蔵がにじり寄ってきた。

「あたしだってお嬢さんがお多福みたいなご面相なら、こんなことは申しません。ですが、よく考えてみてくださいな。この世には道ならぬ恋に落ちて、身を亡ぼす話が山とあるでしょう」

「そ、そうね」

「お嬢さんの嫁入りが決まり、手代の中には気落ちしている者もおります。もちろん、旦那さんの手前めったなことはないはずですが、恋に狂えばわかりません。お嬢さんも隙を見せちゃいけませんよ」

相手の迫力に気圧されて、才は何度も顎を引く。そして、再びひとりになってから、蔵に言われたことを考えた。

確かに、恋は人から正気を奪うかもしれないわ。あたしだって利信様と会ってから、どうにも気持ちが落ち着かないもの。

これが恋だと認めることに、まだ一抹のためらいはある。

それでも、気が付けば相手のことを考えてしまう。今日の大振袖を着たときだって、「利信様にもこの姿を見せたい」と思ってしまった。

でも、そのせいで男の芝居が下手になるとは思わなかったわ。春にさんざん稽古したことが水の泡よ。

何でもできると言われる才だが、本来器用なほうではない。他人より多くの稽古を重ねて、「うまい」と言われてきたのである。

しかも、苦労して覚えた分、すぐにできなくなったりしない。それがひそかな自慢だったのに、半年足らずでできなくなるとは……。才は己の不甲斐なさを嘆いてから、寝巻に着替えて床に就いた。

しかし、眠りは訪れない。不安ばかりが先に立ち、一向にいい思案が浮かばないからだ。

九月の芝居を成功させて少女カゲキ団を末代までの語り草にしようって、お紅ちゃんと約束したんじゃないの。このままじゃ成功なんて覚束（おぼつか）ないわ。

幸い、明日はめずらしく何の稽古もない日である。母は明日も出かけるだろうし、こっそり出かけることにしよう。

結局、下手な考え休むに似たりと、師匠に相談することにした。

翌朝、才は昨日と同じ振袖を着て、女中の兼（かね）に声をかけた。

「おっかさんはもう出かけたかしら」

「はい、先ほど」

「だったら、あたしも出かけるわ。お兼、供をしてちょうだい」

「お嬢さん、どちらにお出かけですか」

今日出かける用事がないことは兼だって知っている。怪訝（けげん）そうに尋ねられ、才は短く返事をした。

「高砂町よ」

「お稽古はなかったはずですが」

「あたしがお師匠さんに話があるの。ほら、急いで支度をして」

東流の踊りの家元、東花円は多くの弟子を抱えている。

今日も一日稽古で埋まっているだろうが、いまから行けば、最初の稽古が始まる前に少し時間をもらえるだろう。

それが無理なら、稽古が終わるまで待てばいい。何としても今日中に悩みを片付けておきたかった。

派手な大振袖の袂（たもと）を翻（ひるがえ）して、才は先を急ぐ。表通りの角を曲がって稽古所の生垣が見えたところで、玄関前の往来を掃除する人影が目に映った。

あら、お師匠さんのところの女中はもっと年増（としま）だったはずだけど。いつのまに人を替えたのかしら。

そして、振り返った女中の顔を見るなり、才は思わず声を上げた。

「どうして、お芹さんがここにいるの」

母親だけで貧しい芹は、毎日掛け茶屋で働いている。少女カゲキ団の稽古が八の付く日に限られるのも、芹の休みに合わせたからだ。

これまで何かにつけて「貧乏人は忙しい」と言っていたのに、これは一体どういうことか。駆け寄って問い詰めれば、芹は指が白くなるほど箒（ほうき）の柄を握りしめる。ややして「ちょっと事情があって」とうつむく姿に、才は相手の事情を察した。

あたしに厳しいことを言った手前、内緒で「仇討の踊り」の稽古に来たのね。だから、こんな時刻にいるんだわ。

きっと、朝一番で稽古をしてもらったのだろう。玄関先を掃いているのは、師匠へのささやかな恩返しに違いない。

勝手に納得していると、今度は芹に問い返された。

「お才さんこそ、どうしてここに？　今日は踊りの稽古なんてなかったでしょう」

ここは自分の事情を正直に打ち明けるべきだろうか。

しかし、言い方に気を付けないと、またいろいろ言われてしまいそうだ。しばし躊躇（ちゅうちょ）していると、玄関に師匠が現れた。

「おや、花吉がめずらしく早いと思ったら、才花だったのかい。朝っぱらから、どうしたのさ」

　才は芹を横目でうかがいつつ、ためらいがちに切り出した。

「お師匠さん、おはようございます。朝からすみませんが、折り入ってお話がありまして」

「その折り入ったお話とやらは、すぐにすむんだろうね。もうじき、稽古の弟子が来るんだよ」

　いかにも面倒臭そうに返されて、才は困って口ごもる。

　やはり、こちらの都合で急に押しかけるべきではなかったか。出直そうかと思ったとき、師匠はかすかに眉をひそめた。

「何の話か知らないが、ここは名代を立てるとしよう。お芹、掃除はもういいから、才花の話を聞いておやり」

「お師匠さん、それは困りますっ」

　師匠には話せても、芹には言いにくいこともある。非難がましい声を上げれば、相手は意地の悪い笑顔になった。

「あんたの話は、どうせ飛鳥山に関わることだろう。だったら、お芹にも関わりがある話じゃないか」

「それはそうですけど……」

「あたしもこれで忙しいんだ。まずはお芹と相談して、あんたたちの話がまとまったところでまたおいで」

　ぴしゃりと命じられてしまい、才は当てが外れてうなだれた。

　それでも、弟子としては師匠の言いつけに逆らえない。芹と行きつけの茶店に向かいながら、次の段取りを考える。

　こっちの話をする前に、まず向こうの話を聞かせてもらおう。お芹さんが内緒で踊りの稽古をつけてもらったのなら、あたしの話もしやすくなるわ。

　才は初音（はつね）の座敷に通されると、「どうして稽古所にいたの」と改めて問いかけた。するると、予想だにしない答えが返ってきた。

「八日の晩におとっつぁんが殺されて、おっかさんと離れて暮らすことになったって……お芹さん、それは本当なの？」

　うなずく芹の表情は一見いつもと変わらない。そのためにわかに信じられず、聞き返さずにはいられなかった。

　芹の父は役者上がりのろくでなしだと聞いているが、それでも実の父を殺されて平気でいられるものだろうか。変わり果てた姿を目の当たりにして、芹は何を思ったのか。才には想像もつかなかった。

でも、そういうことなら踊りの稽古どころじゃないわ。なおさら、おっかさんのそばにいてやらなくちゃ。

突然の不幸では、通夜や葬式に間に合わない知り合いが後から押しかけてくるものだ。才の祖父母が亡くなったときだって、長いこと弔問客が絶えなかった。両親はその相手に追われ、機嫌が悪かった覚えがある。

もちろん、大野屋の先代と芹の父では弔問客の数も違うだろう。

だが、芹の父だってかつては市村座の人気役者だったという。当時の贔屓が亡くなったことを聞きつけて、訪ねてこないとも限らない。そんな思いが頭をかすめ、黙っていられなくなった。

「お芹さんも大変だったのね。でも、いまは踊りの稽古より、おっかさんのそばにいたほうがいいわ」

遠慮がちに諌めつつ、才は我が身を振り返る。

人はいつ死ぬかわからない。頭ではそうわかっていても、あたしはおとっつぁんが死んだときのことなんて考えたこともなかったわ。「好きで大野屋の娘に生まれたんじゃない」と不満ばかり並べておいて。

　いま父が死んでしまったら、自分はどうなってしまうのか。その先を考えることすら恐ろしくて、才は自分が情けなくなる。いままで父に守られていることをちゃんとわかっていなかった。

　親の心子知らずって、こういうことを言うのかしら。嫁入り先も決まったことだし、あたしももっとしっかりしなきゃ。

　ひそかに反省していると、芹が忌々しげに舌打ちした。

「こっちの事情も知らないで、勝手なことを言わないでよ」

「勝手なのはお芹さんのほうでしょう。苦しいときこそ、残った身内で助け合うべきじゃないの」

　あたしは正しいことを言っている——そんな自信に背中を押され、言い返す声も強くなる。芹は苛立ち（いらだ）もあらわに才を睨み、詳しい事情を語り始めた。

　役者だった芹の父は遠野官兵衛の錦絵を見て、その正体に気付いたらしい。八日の昼にまめやを訪れ、店主の登美に追い払われた。その晩、少女カゲキ団の悪口を言った酔っ払いと喧嘩をして、命を落としてしまったそうだ。

「うちのおっかさんは、おとっつぁんに惚れ込んでいたからさ。最初はおとっつぁんが死んだと言われても、決して認めようとしなかった。亡骸を目にしても、『こんなのは川崎万之丞じゃない』と下っ引きに声を荒らげる始末でね。ところが、あたしが遠野官兵衛だと知ると、あたしを仇呼ばわりしたんだよ。『おまえのせいで、あの人が死んだんだ』とあんまり騒ぐもんだから、見かねたまめやのおかみさんがおっかさんを連れ出してくれたんだ」

早口で語られた話の中身に才の頭が真っ白になる。

つまり、少女カゲキ団が芹と芹の両親をめちゃくちゃに引き裂いてしまったのか。我知らず「うそ」と呟けば、「嘘なもんか」と返された。

「おっかさんはあたしを見ると何を言い出すかわからないから、まめやで働くこともできやしない。これからどうやって生きていけばいいのかわからなくて、あたしはお師匠さんを頼ったんだよ」

まさか、そんなひどいことが起こっているとは夢にも思っていなかった。取り返しのつかない状況に才はすっかり怖気(おじけ)づき、うめき声すら出なかった。

そういうことなら、あたしにだって罪があるわ。

渋るお芹さんを口説き落として、仲間に加えたんだもの。

怯える才の頭の中に、かつてこの初音で交わしたやり取りがよみがえった。

――お芹さんは男に生まれたかったと思ったことはないの。

――お芹さんに声をかけたのは、あなたなら役者顔負けの芝居をするだろうと思ったからよ。ねぇ、本当にやってみたいと思わないの？

才が「男に化けて一緒に芝居をしよう」と持ち掛けたとき、芹はなかなかその気にならなかった。大野屋の主人である父への反発心を打ち明け、さらに仁と二人がかりでかき口説き、どうにか譲歩させたのだ。

――だったら、こうしましょう。お師匠さんが芝居の稽古をつけてくださるなら、あたしも一座に加わります。

芹の出した条件は厳しかったが、背の高い二枚目役者は欠かせない。弟子三人が揃って師匠を拝み倒して、ようやく仲間に加えたのだ。

お芹さんを一座に迎えなければ、少女カゲキ団が評判になることはなかったわ。お芹さんのおとっつぁんが官兵衛の錦絵を見ることも、少女カゲキ団の悪口を聞いて喧嘩をすることもなかったはずよ。

芹の母がこのことを知れば、果たして何と罵られるか。芹に似た女が物陰から睨んでいる幻が頭に浮かび、才の背筋に寒気が走った。

しかし、錦絵がきっかけで遠野官兵衛の正体が芹の父にばれるなんて、何という皮肉だろう。

男並みに背の高い芹は、人の行き交う両国でも人目を引く。勢い、「遠野官兵衛だとばれたかも」と青くなることが多かった。

そこで別人だと言い張るために、普段の芹とは似ても似つかぬ官兵衛の姿絵を売り出したのだ。実際、芹の周りに群がっていた娘たちは、錦絵が売り出されるときれいにいなくなったのである。

なのに、どうしてこんなことに……。才は自問自答したけれど、答えが出るはずもない。それに何をどう言ったって死んだ人は生き返らない。下手な言い訳は芹を怒らせるだけだろう。

才は何度も唾を呑み込み、震える声を絞り出した。

「……ごめんなさい」

「わかってくれれば、もういいよ」

芹はさっきの勘違いを詫びられたと思ったらしい。いともたやすく許されて、才は首を左右に振った。

「あたしがお芹さんを無理に誘わなければ……少女カゲキ団のせいで、お芹さんのおとっつぁんが死ぬなんて……」

才は両手で顔を覆い、芹に向かって頭を下げた。

これが因果というものか。よかれと思ってしたことが、裏目、裏目に出てしまう。

やや して「お才さんのせいじゃないよ」と言われ、恐る恐る顔を上げた。

「きっかけはどうあれ、あたしが少女カゲキ団に入ると決めたんだもの。お才さんが負い目を感じることはないって」

責めるどころか慰められて、こっちはますます居たたまれない。

もしも逆の立場なら、恐らく自分は黙っていない。いままでも官兵衛の正体がばれそうになるたびに、芹に文句を言ってきた。それが少女カゲキ団の錦絵につながり、取り返しのつかない事態を招いたのだ。

「おとっつぁんが死んだことも、おっかさんに責められたこともつらいけどさ。あたしは人前で芝居ができて楽しかった。お芹さんだって最初は楽しかっただろう」

言い方に若干含みを感じたものの、才は素直にうなずいた。

少女カゲキ団が評判になりすぎて不安になることもあるけれど、「あたしたちだけでここまでできた」と誇らしく思っていたのである。

だが、少女カゲキ団の一員だと、親に知られるのは嫌だった。

男姿で芝居をするなんて、大野屋の娘にふさわしくない。そう思っていたからこそ、ことさら正体を隠そうとしてきた。

「いっそ、少女カゲキ団なんて作らなければ……」

「それだけは冗談でも言わないで」

思わず漏らした呟きは強い口調で遮られる。

驚いて芹の顔を見れば、これまで見たことがないほど強い憤りに満ちていた。

「うちのおとっつぁんは、少女カゲキ団の悪口を聞いて怒ったのよ。そんなことを言われたら、それこそおとっつぁんが報われないわ」

「で、でも、お芹さんのおっかさんは……」

いまも芹と少女カゲキ団を恨んでいるに違いない。唇を噛んだ才の手を芹が両手で握りしめた。

「もし、あたしとおとっつぁんに本気ですまないと思っているなら……お才さんに頼みがあるの」

「な、何かしら。あたしにできることだったら」

とっさにそう応じたものの、自分ができることなど知れている。内心びくびくしていると、芹が思い詰めた様子で言った。

「おとっつぁんのためにも、最後の芝居は絶対に成功させたい。お願いだから、初心に戻って竜太郎を演じてちょうだい」

どんな無理難題を吹っ掛けられるかと思いきや、芹の頼みはごく当たり前のことだった。才は一瞬呆気にとられ、我に返って恥ずかしくなる。

芹がそう言いたくなるくらい、自分はひどい芝居をしていたのか。「頼まれるまでもないわ」と答えると、芹が父との思い出をぽつりぽつりと語り出した。

幼い頃は母よりも父のほうが好きだったこと。父の父も役者をしていたが、一生稲荷町止まりだったこと。

「血筋がものを言うのは、お武家や金持ちに限った話じゃない。何だかんだ言ったって、子は親に似るからね」

腕のいい職人の子が親の名を継いで立派な職人になるように、名題役者の子は名題役者になる。同じ理屈で稲荷町の子は稲荷町止まりが当たり前の中、親勝りの芹の父は抜きんでた芝居の才があったらしい。

「もっとも、それを妬まれて市村座から追い出されてさ。いっそ小芝居に移ればよかったのに、あくまで大芝居にこだわって……。小さい頃は『俺の代わりに名題役者になってくれ』って、何度となく言われたっけ」

そのくせ、六つの芹が芝居小屋から追い出されると、さっさと見捨てられたという。

芹はそういう生い立ちだから男の芝居がうまかったし、静が男とわかってもあまり動じなかったのだと、才は改めて納得した。

女は役者になれないと知ってからも、芹は芝居の稽古を続けた。芝居小屋にもぐりこんでは台詞を覚え、東花円の稽古所をのぞき、見よう見まねで踊りを覚えた。

その努力を止めたのは、十三のとき。父に「男女は役者になれない」と罵倒され、心底愛想が尽きたそうだ。

「おっかさんは、それでもおとっつぁんに貢いだけどさ。あたしがおとっつぁんのことで文句を言うと、決まって『あたしが悪いんだ』って謝るんだよ。それなのに、おとっつぁんが死んじまったら恨みつらみをまくし立てて、亡骸を引き取ろうともしないんだもの。まったく、やってられないよ」

憤る言葉とは裏腹に、芹の目から涙がこぼれる。才は相槌を打つことさえはばかられて、黙って聞くことしかできなかった。

「おとっつぁんもおとっつぁんだよ。十年も娘を踏みつけにしておいて……少女カゲキ団の悪口が何だってんだい。幇間の分際でいきがるから、こんなことになるんじゃないか。馬鹿だ馬鹿だと思っていたけど、ここまで馬鹿とは思わなかった」

父を罵る芹の顔は憎々しげに歪んでいる。

しかし、才にはその言葉が違う意味に聞こえていた。

——いまさらすり寄ってこられても、素直に喜べるはずない。少女カゲキ団の悪口なんて聞き流せばよかったのに。

馬鹿だ馬鹿だと見下すのは、父への思いの裏返しだろう。涙をする芹の姿に才は胸が苦しくなった。

お芹さんはよく「お金持ちのお嬢さんにはわからない」とか、「あたしは貧乏だから」と言うけれど、根っこはあたしと変わらないわ。

おとっつぁんに自分のことを認めてほしい。おっかさんに自分の気持ちをわかってほしい。ただそれだけのことを望んできたのね。

その結果がこれでは、あまりに芹が救われない。せめて自分は芹が望んだように、精一杯竜太郎を演じよう。浮ついた気持ちで大事な芝居をしくじれば、亡くなった芹の父にも失礼だと思っていたら、

「お才さんはあたしに謝ったけど、あたしは少女カゲキ団に誘ってもらってよかったと本当に感謝しているんだよ」

「えっ」

いままでの話の流れで、どうしてそうなるのだろう。予想外の言葉に目を剝けば、

芹は泣き笑いの顔になる。

「ひとりじゃ芝居はできないもの。誘ってくれてありがとう」

「……そう言ってくれるのは、ありがたいけど……」

こっちはこっちで、自分の都合で誘ったのだ。いま礼を言われると、居心地が悪くて仕方がない。

　一方、芹の顔はさらにくしゃりと歪められた。

「捨てた娘の錦絵を見て、おとっつぁんもさぞやびっくりしただろう。一体どんな顔をして錦絵を買ったのか、あたしも見てみたかったよ」

　そう言う自分がいまどんな顔をしているのか、芹はわかっていないはずだ。派手に転んだ子が大泣きしたいのをぐっとこらえ、「へっちゃらだい」と強がっている表情そのものではないか。

　一人前の大の男を誰より見事に演じるのに……。これじゃ少女カゲキ団の看板役者の名が泣くわよ。

　才は自分の手を握る、芹の手を強く握り返した。

「見物客のいないところで、芝居をしてどうするの」

　あえてきつい調子で言えば、芹の眉間にしわが寄る。そうしないと、また涙がこぼれてしまうのだろう。

「下手な芝居は見ているほうもつらいんだから。お芹さんが泣きたいなら、思い切り泣けばいいじゃないの」

「あ、あたしは、芝居をしてなんか……」

芹は顔を赤くして、才の手を振り払う。

だが、「芝居をしていない」と最後まで言い切ることはできなかった。才は懐に手を入れて、懐紙の束を差し出した。

「男はともかく、女は泣いても許されるのよ。こんなところで、男の真似をしなくてもいいわ」

「金持ちの両親に守られて、ぬくぬくと育ったお才さんに何がわかるのさっ。知ったふうな口をきかないで！」

よほど腹に据えかねたのか、芹が泣きながら食って掛かる。その剣幕に負けじと言い返した。

「わかるに決まっているじゃない。あたしたちは少女カゲキ団の仲間なのよっ」

静はともかく、他の四人はみな十六の娘である。

それぞれが「男に生まれたかった」と強く思い、恰好（かっこう）だけでも男になってみようとして娘一座は始まった。生まれや育ちがどれほどかけ離れていようとも、その思いは同じである。

芹からすれば、縁談が決まった後の才は「やっぱり女でよかった」と浮かれているように見えただろう。それでも、長年抱き続けた女であることのやるせなさを忘れてしまったわけではない。

「あたしのせいじゃなく、少女カゲキ団のせいでもないなら……お芹さんのおとっつぁんが死んだのは誰のせいよ。おとっつぁんが馬鹿だったせい？　それとも男に生まれなかった、お芹さんのせいだと言いたいの？」

押し殺した声で尋ねれば、芹がひゅっと息を呑む。

そして、しばらく歯を食いしばって懐紙の束を睨んでいたが、ついに嗚咽が漏れ始めた。

「お、才さんのくせに……生意気なこと……」

涙は我慢の堰が切れると、止まらなくなってしまうものだ。芹は子供のようにしゃくりあげ、懐紙で洟を拭きつつ文句を言う。

才は芹が泣き止むまで、背中をそっとさすってやった。

三

「ところで、お才さんの用は何だったの」

さんざん泣いて涙が枯れれば、もう話すことはない。芹は最後の懐紙で目元を押さえると、才に向かって問いかけた。

すっかり後回しになってしまったが、ここには師匠の名代として才の話を聞きに来たのだ。気を取り直して本題に入ろうとしたとたん、才はにわかにうろたえて「あたしはいいの」と言い出した。

「でも、お師匠さんに急ぎの用があったんでしょう」

そうでなければ、朝っぱらから押しかけてくるはずがない。訝（いぶか）しむように目を眇（すが）めると、才は白々しく顔の前で手を打った。

「そうそう、あたしはお紅ちゃんと約束があったんだわ。お芹さんには悪いけど、お先に失礼させてもらうわね」

取ってつけたような言い訳をして、そそくさと出ていってしまう。芹は呆気（あっけ）にとられつつ、後ろ姿を見送った。

お才さんは急にどうしたんだろう。お師匠さんに少女カゲキ団のことで相談があったはずなのに。

だが、泣く前のやり取りを思い出し、無理もないかと苦笑する。あんな話を聞かされたら、自分の些細な悩みなんて打ち明けられなくなるだろう。

だから、こっちの事情なんて詳しく話す気はなかったのに、

――お芹さんも大変だったのね。でも、いまは踊りの稽古より、おっかさんのそばにいたほうがいいわ。

そのしたり顔が癇に障り、つい一から十までしゃべってしまった。すると案の定、才は真っ青になり、震える声で謝り出した。

そこまでは予想通りだったけど、どうして「思い切り泣け」って話になったんだろう。お才さんは見た目と違って強引よね。

抱えきれないつらい思いは涙で少し洗い流せる。才はそれを承知で言ったのだろうが、まんまと乗せられたことが恥ずかしい。

いまも畳の上には、涙や洟を拭いた懐紙がいくつも転がっている。芹はそれらをすべて拾い、袂の中に放り込んだ。

才は縁談が決まってから、芝居がすっかり女々しくなった。

できれば、男に生まれたかった――そんな思いの娘が集まり、始まった少女カゲキ団である。芹は初心を思い出してもらうため、手加減せずに文句を言った。

当然、恨まれていると思ったし、今朝だって芹の顔を見たとたん、いかにも嫌そうな顔をしていた。まさか、「少女カゲキ団の仲間だ」なんて、才から言われるとは思わなかった。

江戸でも指折りの札差の娘と、貧しい青物売りの娘――歳と性別以外は何もかも正反対の二人である。おまけに、才は武家に嫁ぐことが決まっている。

少女カゲキ団が解散すれば、きっと顔を合わせることもない。そう思っていたけれど、いまはまだ同じ夢を見る仲間なのだ。

あたしは東流に弟子入りして、本当によかったわ。頼りになる師匠ができただけでなく、仲間だってできたもの。

情けない話だが、芹にはずっと「仲間」や「仲良し」と呼べる相手がいなかった。

六つまでは父の稽古が忙しく、近所に住む子供らと遊んでいる暇などなかった。その後は母の手伝いをしながら、ひとり芝居の稽古に明け暮れた。十三からはまめやで働いていたせいで、同じ年頃の友達を作ることができなかった。

大店の娘の才には、似たような育ちの紅や仁がいる。貧しい生い立ちの母にさえ、同じ長屋で育った登美がいる。それなのに、自分には誰もいないと情けなく思っていたのである。

でも、あたしのことを仲間だと言うなら、もう少し一緒にいてほしかったわ。こんな顔で戻ったら、お師匠さんに何を言われるかわかったもんじゃない。

自分の顔は見えないが、きっと泣きはらした顔をしているはずだ。

非常に戻りづらいものの、才は勘定をすませて帰ってしまった。これ以上長居はできないと、芹は顔を隠して茶店を出た。

稽古所に戻ったら、すぐに井戸で顔を洗おう。元に戻るまで稽古が終わりませんように――と腹の中で祈りながら、稽古所の生垣にそっと近づく。

しかし、芹の祈りは神に通じなかったらしい。師匠は玄関先に立ち、弟子を送り出しているところだった。

「お師匠さん、ありがとうございました」

「ああ、今日の踊りはよかったよ。あんたはやる気になりさえすりゃ、うまく踊れるんだから。次の稽古もこの調子でやっとくれ」

「はあい」

やや辛口のほめ言葉に弟子は小さく舌を出す。その顔立ちは十人並みだが、着物は遠目にも高そうだった。

東流は金持ちの娘が嫁入り前に通う場所だ。芹は自分の着物を見下ろして、さっき別れたばかりの才の恰好を思い出す。

お才さんの振袖は今日も豪勢だったわね。どの程度の値が付くか、お文さんなら見当がつくかしら。

人が生きるために衣食住は欠かせないが、貧乏人と金持ちでは天と地ほどの開きがある。いまさらながら彼我（ひが）の違いを感じていると、

「何をこそこそしてんのさ」

生垣の陰にいるところを師匠に見つかり、芹は慌てて駆け寄った。

「お師匠さん、ただいま戻りました」

「あんたひとりかい。才花はどうしたんだい」

「茶店で別れました。これからお紅さんの家に行くと言い出して」

「それで、才花の話は何だったのさ」

「あいにく、教えてくれませんでした。役立たずの名代で、すみません」

「だったら、あんたは何の話で泣かされたんだい。中に入って、あたしに詳しく教え

ておくれ」

どこか楽しげな師匠に続き、芹は稽古所の中に入る。次の弟子が早く来ないかと思いながら、才とのやり取りを白状した。

「へえ、下手な芝居は見ているほうもつらいだなんて、才花にしてはうまいことを言うじゃないか。あんたはそれで意地を張るのを止めたのかい」

確かにその通りだが、素直にうなずくのは癪に障る。笑い声を立てる師匠に芹は口を尖らせた。

「芝居が下手になったお才さんから、とやかく言われたくありません。最初のうちはあたしに謝っていたくせに、いきなり態度が変わるんだもの」

「そうふくれなさんな。少女カゲキ団がきっかけで人が死んだと聞かされれば、言い出しっぺの才花は気に病んで当然さ。あんただってここに駆け込んできたときは、少女カゲキ団を辞めると言ったじゃないか。まさか、忘れたとは言わせないよ」

三日前のことを言われると、こっちはぐうの音も出なくなる。芹は気まずく目をそらし、我が身のことを振り返った。

九日深夜、登美は騒ぐ母をすり鉢長屋に連れ帰り、改めて間違った思い込みを正そうとしたらしい。

しかし、母の恨みの矛先は父から芹に変わったまま、いくら言葉を尽くしてもまるで通じなかったという。

いまのお和さんはお芹ちゃんにまた手を上げかねない。二人はしばらく引き離したほうがいい――登美はそう考えて、翌朝、母を自分の長屋に連れ帰った。

――お和さんは万吉に死なれた悲しみでおかしくなっているようだ。正気に戻るまで、お登美さんが責任をもって預かると言っていた。その間、お芹ちゃんはまめやを休んでほしいそうだよ。

芹が差配からそう言われたのは、父の埋葬が終わった十日の夕暮れのことだった。最後まで顔を見せない母のことを案じていたら、「お和さんなら心配いらない」と教えられたのである。

さらに差配は「若い娘のひとり暮らしは物騒だ。しばらくうちにいればいい」とも言ってくれたが、これ以上借りを作るのは気が引けた。芹は差配夫婦に礼を言い、住み慣れた我が家に戻ったのだ。

時刻はすでに暮れ六ツ（午後六時）を過ぎ、灯のない家は暗かった。

これまでも芹が帰ったとき、家が暗かったことはある。青物売りを終えた母が疲れてそのまま横になり、うっかり寝過ごしてしまうのだ。芹はそれを察すると、腰高障（こしだかしょう）

子を勢いよく開け、「おっかさん、ただいま」と叫んだものだ。

だが、今日は畳の上に横たわっている母がいない。芹は土間に立ったまま、寒々しい家の中を見回した。

かつてはここで親子三人が暮らしていた。

父が出ていってからは母と二人になったけれど、芹が大きくなったせいか、いつも狭いと思っていた。

しかし、母がいないだけで、今日はやけに広く感じる。わずかばかりの家財道具は何ひとつなくなっていないのに。

これからは、ここでひとりきり——芹はそう思ったとたん、足元から凍り付くような寒気を感じた。

登美のところにいる母はいつ帰ってくるのだろう。

差配は「正気に戻ったら」と言ったけれど、母は自分が生まれる前から川崎万之丞に惚れ込んでいた。二十年近く思い続けた相手が死んで、そう簡単に立ち直ることができるだろうか。

もし、おっかさんが正気に戻らなければ、あたしはどうなるのだろう。

改めてそう思ったとたん、恐怖で膝が震えてきた。

差配の言う通り、母のことは心配いらないはずだ。面倒見のいい登美が昔馴染みを見捨てるとは思えない。

だが、母が登美のそばにいる限り、自分は登美を頼れない。「まめやを休め」と言われたのは、そういうことだ。

あたしがまめやで働いていたら、いつおっかさんと鉢合わせするかわからないもの。おかみさんは気を遣ってくれたのよ。

母が芹を見かけたら、何を言い出すかわからない。両国の人の多さを考えれば、登美の心配はもっともだ。

おっかさんはいま正気じゃない。

おかみさんはあたしを案じて、おっかさんを連れ帰ってくれたのよ。

頭ではそうわかっていても、芹は登美に見捨てられた気がしてならなかった。母と一緒に置いておけないなら、自分を連れていってほしかった。

それに登美のところにいる間、母だって青物売りはできないだろう。母子二人で働かないと、店賃（たなちん）だって払えない。三月（みつき）、四月（よつき）と溜（た）まっていけば、いまはやさしい差配夫婦も芹を追い出しにかかるはずだ。

こうなったら、他の仕事を探さないと。住み込みの仕事にすれば、店賃だってかからない。あたしだって十六だし、ひとりでも生きていけるわよ。

いまにもよろめきそうな足を踏ん張り、強いて自分に言い聞かせる。

母が正気に戻る日を当てもなく待つのはつらすぎる。母は振り向いてくれない父を思い続け、人生を棒に振ったのだ。

あたしはおっかさんの二の舞なんてするもんか。おとっつぁんの弔いは終わったし、すぐにも新しい仕事を見つけてやるわ。

しかし、住み込みの仕事に就いてしまえば、高砂町には通えない。少女カゲキ団の贔屓の前で、「仇討の場」を披露することもできなくなる。

お才さんはともかく、他の三人には恨まれそうね。特にお静さんは最初で最後の芝居になるはずだったから。

芹だってできれば、辞めたくない。

もう一度飛鳥山で芝居をして、見物客の拍手喝采を浴びたかった。この先も師匠の許で踊りを習い続けたかった——そんな気持ちをねじ伏せて、芹は高砂町の稽古所に駆け込んだ。

そして、この二、三日の間のことを打ち明けて、「少女カゲキ団と東流を辞めさせてほしい」と申し出た。

——あたしはこの先、ひとりで生きていかなくちゃいけません。もう踊りや芝居をしている暇はないんです。

師匠は弟子の話を遮ることなく聞いてから、「あんたの言いたいことはわかった」とうなずいた。

——それで、この先どうするんだい。住み込み奉公をすると言ったって、あんたは女中も下働きもしたことがないだろう。それに住み込みは身元の確かさが求められる。片親のあんたは厳しいんじゃないのかい。

——口入屋だって周旋料を取るんだよ。それに父親の弔いにかかった金は差配さんに借りているんだろう。そっちの払いはどうするのさ。

耳に痛いことを並べられ、芹は両手を握りしめる。うっかり手を開いたら、涙がこぼれてきそうだった。

しっかりしているつもりでも、自分はまだまだ半人前だ。いざとなると、自分で自分の口を糊することさえできないなんて。

芹が絶望しかけたとき、師匠が「だから」と話を継いだ。

——あんたはひとまず、あたしの居候になればいい。幸い、寝泊まりできる部屋も余っていることだしね。

突然言われたことが信じられず、芹はぽかんと口を開けた。

——その代わり、少女カゲキ団の芝居は最後までやってもらうし、踊りの稽古も続けてもらう。それが嫌なら、この話はご破算だ。

あまりにも都合がよすぎる申し出に、芹は自分の頰を思い切りつねりたい気持ちになった。いままでだって束脩を払っていないのに、居候になってからも稽古をつけてもらえるなんて。

心底ありがたいと思う反面、芹は素直に喜べない。自分が師匠の許にいると知れば、母は何と思うだろう。

返す言葉に迷っていると、師匠が笑った。

——あたしはあんたに同情して、こんなことを言い出したわけじゃない。あんたの持って生まれた才が惜しいのさ。

芸事は稽古をすれば上達する。

しかし、名人上手と呼ばれるためには天賦の才も必要だ。

師匠はそう言ってから、芹の顔をじっと見つめた。

——あんたには役者としての人並み外れた才がある。あんたのおとっつぁんはそれに気付き、娘と承知で芝居を教えたんだろう。

我が子を男と偽って役者にする――それが目論見倒れに終わったのち、芹をことさら蔑んだのは、「あんたの才が日の目を見ないことに腹を立てたに違いないさ」と、師匠は言った。

――だからこそ、あんたが少女カゲキ団の遠野官兵衛だと知って、うれしかったに違いない。我が子に引き継がれた役者の才がこれからきっと花開く。そう思って浮かれていたとき、少女カゲキ団の悪口を耳にしたのが運の尽きだ。あんたが官兵衛を演じる姿をその目で見たかっただろうにねぇ。

まるで見てきたように語られるのは、芹のあずかり知らぬ父だった。

とっさに「まさか」と言い返しかけ、血まみれの錦絵を思い出す。そして、「俺の代わりに名題役者になれ」と言った父の声も。

――いまの世の中、たいていのものは金次第で手に入る。だが、天賦の才だけは、どれほど金を積んでも無理だからね。あたしはそれを惜しむんだよ。

――でも、少女カゲキ団は九月で解散するじゃありませんか。

人に言われるまでもなく、芹だってずっと役者になりたかった。父が期待したような名題役者を目指したかった。

しかし、女である限り役者になれない。

少女カゲキ団が解散したのち、自分ひとりで何ができる。

長年抑えつけてきた思いがあふれ、芹は師匠に食って掛かる。すると、相手は食えない笑みを浮かべた。

——持って生まれた性や才は、天がお決めになったものだ。人の力でどうすることもできないけれど、人の世は人が動かしている。女歌舞伎はご法度（はっと）だと決めたのは、天じゃなくてお上だろう。この先ずっと変わらないという保証はないよ。

素人芝居の少女カゲキ団がこれだけ評判になったのだ。

芸に磨きをかけた女役者が芝居をすれば、「もっと見たい」と言う庶民の声が大きくなるに違いない。それが抑えきれないほど大きくなれば、「女歌舞伎」もきっと許されるようになる。

その日のために踊りや芝居の稽古を続けろと言われ、芹の胸は高鳴った。

ずっと「少女カゲキ団がなくなれば、二度と芝居はできない」と思っていた。

だが、師匠は少女カゲキ団に代わる女役者の一座を考えていたらしい。そこに加わることができれば、自分は役者として生きていける。

その瞬間、芹に新たな望みが生まれた。

少女カゲキ団が解散しても、そこですべてが終わるわけではない。その先に続けるためにも、九月の飛鳥山は成功させたい。

それが役者としてあたしを見込んでくれた、おとっつぁんへの供養にもなる。おっかさんのことはひとまず、まめやのおかみさんに任せよう。

母だって落ち着けば、きっと自分の気持ちをわかってくれる。芹がそう思ったとき、玄関先で声がした。

「ごめんください。お稽古に参りました」

「やれやれ、今度はお鈴かい。ちゃんとさらってきたかねぇ」

気だるそうな口ぶりとは裏腹に、師匠が身軽く立ち上がった。


「お仁さん、おはよう。今日も早いのね」

十八日の朝五ツ（午前八時）過ぎ、芹は一番乗りした仁に声をかけた。仁が早いのはいつものことだが、今日は少々様子が違う。妙に緊張した様子で、ちらちらこっちをうかがっている。

これはきっと、才から話を聞いたのだろう。単刀直入に尋ねると、仁の肩がびくりと揺れた。

「あの、お才ちゃんに悪気はないの。稽古の前に、あたしたちが知っておいたほうがいいからって」

才が責められると思ったのか、仁は慌てて言い訳する。芹は「気にしてないよ」と手を振った。

「むしろ、あらかじめ伝えてもらってありがたいと思っているくらいだよ。ところで、お紅さんとお静さんも知っているの？」

恐らく知っているだろうと思えば案の定、仁がぎこちなく顎を引く。芹は内心ほっとして、「よかった」と呟いた。

「もう八月も半ばなのに、このところちっとも稽古が進まないからね。余計な話で時間を取りたくなかったんだよ」

「そんな、余計な話だなんて……」

仁は眉をひそめたが、すぐに稽古場に膝をついて頭を下げた。

「お芹さん、この度はご愁傷様でした。衷心よりお悔やみ申し上げます」

これがお金持ちのお嬢さんの行儀のよさというものか。芹も慌てて膝をつき、仁に倣って頭を下げた。

「でも、思ったよりも元気そうでよかったわ。おっかさんと仲違いしているって聞いたから、芝居どころじゃないんじゃないかと案じていたの」

人づてに話を聞けば、普通はそう思うだろう。芹はかすかに苦笑した。お師匠さんに追い出されてしまうもの」

「そんなことを言っていたら、ここに置いてもらえないって。お師匠さんに追い出されてしまうもの」

自分はあくまで芝居の才を見込まれて、師匠の厄介になっている。芹がそう打ち明けると、仁が身を乗り出した。

「それじゃ、いままでよりも稽古ができるのね」

「ええ、当分まめやで働けないから」

居候を始めて今日で八日になるけれど、すでに師匠から「仇討の踊り」の稽古をつけてもらっている。また、稽古場が空いているときは、芹がひとりで稽古をしていた。

「あたしの踊りじゃ、お才さんに見劣りしてしまうから。できる限り稽古をして、九月の披露までには恥ずかしくないものにするつもりだよ」

やる気に満ちた芹の言葉に仁が目を輝かせる。やがて夢から醒めたような顔つきになり、「不謹慎だってわかっているけれど」と呟いた。

「あたしはお芹さんがうらやましいわ。身内に煩わされることもなく、好きなことに打ち込むことができるんだもの」

こっちの身に起こったことを知りながら、その言い草はないだろう。芹はにわかに気色ばみ、仁に向かって目を吊り上げる。

「お仁さん、それは」

「もちろん、言ってはいけないことだってわかっています。それでも、思ってしまうのよ。あたしは遠からず好きなことができなくなるから」

芹の言葉を遮って、仁がつらそうに訴えた。

金はあっても、自由がない。そんな大店の娘の中でも、仁は人一倍好き勝手をしてきたように見える。芝居見物の傍ら戯作を読みふけり、自ら筆を執った「忍恋仇心中」を少女カゲキ団で演じることができたのだ。

それが評判になったのに、まだ心残りがあるのだろうか。芹は知らず眉をひそめ、ふと師匠の言葉を思い出した。

――いまの世の中、たいていのものは金次第で手に入る。だが、天賦の才だけは、どれほど金を積んでも無理だからね。

自分に役者の才があるなら、仁には狂言を書く才がある。

だが、才のように縁談が決まれば、もはや好き勝手は許されない。

このところの才の姿を見て、仁は身につまされていたのだろうか。芹はたったいま抱いた怒りも忘れて、うつむく相手に声をかけた。

「ひょっとして、お仁さんにも縁談が来ているの」

「縁談なんて前からあるわよ。うちの両親は娘の性分を知っているから、うるさいことを言わないだけで」

仁の両親が営む仏具屋行雲堂は、代々続く大店だ。

おまけに仁は黙っていれば美人だし、歳に似合わぬ色気もある。才色兼備で知られた才には及ばなくとも、引く手あまたであったらしい。

「ただし、あたしはお才ちゃんと違って、どこに出しても恥ずかしくない娘とは言えないもの。下手に立派な家に嫁がせて、出戻ってきたら面倒だと親も思っていたみたい」

しかし、仁が調子に乗って好き勝手を続けた結果、周囲の風向きが徐々に変わってきたという。

「このまま家に置いて芝居や戯作にのめり込まれるくらいなら、早く嫁に出したほうがいいんじゃないかと、おっかさんが言い出して。おとっつぁんもだんだんその気になってきたみたいなの」

「……そうなんだ」

「あたしだっていつまでも家にいられるとは思っていなかったけど……少女カゲキ団

も九月で終わるし、なかなかうまくいかないものね」

ため息混じりの仁の声には切実なものが感じられた。慰めようのない芹は、「そうね」と短く相槌を打つ。

「お才ちゃんは運がいいわ。親の選んだ相手を気に入ることができたんだから……あたしはどうなるのかしら。できれば、見た目と性格がよくて、芝居見物ばかりしていても文句を言わない人がいいんだけど」

「そ、それはちょっと、難しいんじゃないかしら」

身勝手な願いを並べる仁に芹の顔がこわばってしまう。

そんな嫁でも文句を言われないとしたら、それはそれでおかしいだろう。すると、仁がぽつりと言った。

「……お静ちゃんなら、きっと文句を言わないわ」

消え入りそうな声がして、芹は目を瞬く。仁が縁談を嫌うのは、好き勝手ができなくなるからではない。好きな人がいるからか。

やっぱり、お仁さんはお静さんが好きだったのね。お静さんが薬種問屋橋本屋の次男として育っていたら、十分あり得た縁談でしょうに。

仁は静の秘密を守るため、子供の頃から手を貸してきたらしい。二人の間には余人をもって代えがたい深い絆があるのだろう。

だが、真実はどうであれ、静は表向き橋本屋の娘である。いまさら「実は息子でした」と世間に言えるはずもない。

だからと言って、いつまでも娘ではいられない。いまだって静は背を盗み、苦労して娘のふりをしているのだ。喉仏が目立つようになれば、さすがにごまかせなくなってしまう。この先、橋本屋がどうやって帳尻を合わせるつもりなのか、芹には見当もつかなかった。

「少女カゲキ団が解散したら、あたしはどうなるんだろう。いっそ、このまま時が止まればいいのに」

仁が宙を見つめて呟いたとき、稽古場に静が現れた。

「あら、早いわね。今日はあたしが一番乗りだと思ったのに。お仁ちゃんに先を越されちゃったわ」

「お静ちゃん、おはよう。あたしを出し抜けると思ったら、大間違いよ」

噂（うわさ）をすれば影が差すとはこのことか。いつもより早い静の登場に芹は動揺してしまう。だが、仁は動じる様子もなく、平然と言葉を返していた。

「お、お静さん、おはよう。今朝は早いのね」

「ええ、このところ稽古がはかどらないでしょう。お才ちゃんたちも早めに来るって言っていたわよ」

静は鴇色の振袖に身を包み、女言葉でにっこり笑う。仁によれば、静も芹の身に起こったことをすでに知っているはずだ。

しかし、そんなことはおくびにも出さないで、芹に向かって微笑んでいる。それは静なりの気遣いなのかもしれないが、面の皮が厚いことは間違いあるまい。

もっとも、そのくらいでなければ、実は男と知られた後も付き合うことはできないだろう。これでひとつ年下なのだから恐れ入る。

本当にいい度胸をしているわね。お静さんならいますぐにでも立派な女形になれるでしょうよ。

背を盗むのはお手の物で、常に女として振舞っている。おまけに舞台度胸もとびきりだ。少女カゲキ団が解散しても、男に戻って役者になることができるだろう。

でも、お静さんが男として人前に出ることを橋本屋の主人は許さないはず。それを思うと気の毒ね。

それから間もなく、才と紅もやってきた。みなてんでに衣装に着替えたところで、師匠が三味線を手に現れた。

「さて、それじゃ早速始めようか。今日は前の稽古でつまずいた高山の登場からやるとしよう」

師匠の話に、才がびくりと身を震わせる。

恐らく、十日前の稽古を思い出したに違いない。緊張した面持ちで「はい」と返事をしてから、中間役（ちゆうげん）の紅と共に稽古場の中央に足を進めた。

高山の登場は官兵衛が斬られた直後である。芹は才の足元にうつぶせで横たわり、ゆっくり息を吐き出した。

自分はすでに息を引き取っている。これからは何が起こっても、決して動いてはいけないのだ。

いままで芹は「死んだふりなど、寝ているのと同じ」と思っていた。

だが、血にまみれた父の亡骸を見て、生死の違いを痛感した。命を失った人の身体は「亡骸」というより、「抜け殻」だった。

いまも目をつぶれば、父の最期の顔が頭に浮かぶ。

目はかろうじて閉じられていたが、明らかに苦悶（くもん）の表情を浮かべていた。首を刺されて死ぬ間際、父は痛みの中で何を思ったのか。

そうじっと考えているうちに……。

「お芹さん、しっかりして」

肩を摑まれて目を開ければ、泣きそうな顔の才が上からのぞき込んでいる。何が何だかわからないまま、「お才さん、どうしたの」と問い返した。

「いまは芝居の稽古中でしょう」

こっちは死んだことになっているのに、「しっかりして」もないものだ。非難がましい声を上げれば、紅が話に割り込んだ。

「なに寝ぼけたことを言ってんの。高山はとっくに引っ込んで、お師匠さんの話が始まるところじゃない」

「えっ」

「それなのに、お芹さんは目を開かないんだもの。さては具合が悪いのかと、こっちは心配したんだから」

ほっとしたのか腰が抜けたように座り込む才に代わって、紅が声を荒らげる。

そういえば死んだふりをしている間、物音が一切聞こえなかった。焦って身を起こした芹を師匠や静も呆れたような目で見ている。

「まったく、稽古中に寝るなんて開いた口が塞がらないよ。あんたもたいした度胸じゃないか」

眉をひそめた師匠と目が合い、芹は首を左右に振った。

「お師匠さん、あたしは寝てなんていません。死んだ芝居をしていただけです」

「だったら、高山が下がったところで起きるはずでしょう。それに、今日のお芹さんはいつもよりずっと重かったわよ」

静は羽織袴姿でも、芝居をしていないときは女言葉を使う。

人の身体は寝てしまうと、起きているときより重くなる。だが、芹は寝ていたわけではないので、「重くて悪かったね」と静を睨んだ。

「知っての通り、あたしのおとっつぁんはついこの間殺されたでしょう。だから、今日はおとっつぁんの亡骸を手本にして死んだ芝居をしてみたの。周りの声は聞こえなくなったけど、眠り込んでいたわけじゃないから」

本当のことを打ち明けたのに、なぜか芹を見る目は冷たくなる。特に紅は青くなり、薄気味悪そうに後ずさった。

「父親の亡骸の真似だなんて……お芹さん、正気なの」

「もちろんよ。おとっつぁんはあたしに『人をよく見ろ』ってしつこく言っていたんだから。芝居に役立てたほうがおとっつぁんだって喜ぶはずよ」

自信をもって言い切れば、才も鼻の頭にしわを寄せる。どうやら、こういう考えはあまり受け入れられないらしい。

でも、周りが心配するくらい死んだふりが様になっていたんだもの。芝居としては上出来よね。

芹が悦に入っていると、師匠が咳払い(せきばら)いした。

「お芹の言い分はよくわかった。だが、いまの芝居は感心しないね」

「お師匠さん、どうしてですか」

自分の死んだふりは真に迫っていたはずだ。納得できずに問い返せば、師匠は片眉を撥(は)ね上げる。

「何でも本物そっくりに真似ればいいってもんじゃない。おまけに周りの音が聞こえなくなるなんて言語道断だよ。あんたはひとりで芝居をしているわけじゃないんだ。周りを気にしなくて、どうするのさ」

「でも、官兵衛は死んでいるんです。死人は周りを気にしないでしょう」

「いいかい、あんたは少女カゲキ団として、みなと一緒に芝居をしているんだ。目を閉じて死んだふりをしていても、常に周りの様子を気にしていなくちゃ。そのために耳がついてんだろう」

師匠はぴしゃりと言ってから、困ったように額を押さえた。

「あたしもあんたに『死体は動かない』と言いすぎたかもしれない。だが、いまのあんたの芝居は悪目立ちしちまっている。一所懸命は結構だけど、ひとりよがりの芝居は頂けないね」

声の調子は一段やさしくなったものの、言葉の中身は痛烈だ。芹は恥ずかしさのあまり、稽古場から逃げ出したくなった。

そういえば、おっかさんがおとっつぁんの亡骸を見たときに言っていたっけ。こんなにみっともないのは川崎万之丞じゃない、あの人は舞台で見事に死んで、満座の拍手をさらったって。

才に「ひとりじゃ芝居はできない」と偉そうなことを言っておいて、自分のほうがひとりよがりの芝居をしていたなんて。しかも、それがいい芝居だと信じていたのだから、赤面ものだ。

道理で、周りが変な顔をしているわけだわ。我ながら、みっともないったらありゃしない。

芹は顔を隠したくなる気持ちをこらえ、師匠に向かって頭を下げた。

「お師匠さん、すみません」

「あんたはいちいち極端なんだよ。物事はほどほどが大事なことも多いんだから。ちよっと死んだふりを止めて、こっちで才たちの芝居を見ててご覧」

師匠にそう命じられ、芹は稽古場の隅に座る。

すぐに高山役の静が才と紅に駆け寄った。

「官兵衛……間に合わなかったか」

沈痛な声を出し、芹が横たわっていた辺りにしゃがみこむ。続いて、才が台詞を言った。

「あの、あなたはどなたです」

「拙者は南条藩江戸屋敷に勤める、高山信介と申す。そのほうが水上竜太郎だな」

「へえ、たったいま父上の仇、にっくき遠野官兵衛を見事討ち取ったところでござんす。ところで、高山様はなぜここに」

静の台詞を受けて、今度は紅が前に出る。

三人の台詞は前の稽古のときと同じ、仁の台本通りである。だが、芝居そのものはずっとよくなっていた。

まず、前の稽古では恥じらってばかりいた才が別人のように男らしい。突然現れた南条藩士を名乗る男をしっかと睨みつけている。

脇に控える紅も粗野な中間らしく、足を大きく開いて膝を曲げていた。このところやる気になっていたとはいえ、いままではこういうはしたない恰好はしなかった。お静さんも竜太郎を見下して、あおる口調に磨きがかかっている。みな急にどうしたんだろう。

思いがけない変化を目の当たりにして、芹の口が開きっぱなしになってしまう。前の稽古からたった十日でこんなに上達するなんて……。

そして、静は才に向かって止(とど)めの台詞を口にした。

「おぬしと藩を守るために、官兵衛は己の命を捨てたのだ」

その瞬間、才は大きく目を見開くと、かすかに口を開け閉めする。紅が「ふざけるなっ」と噛みつけば、静が冷ややかに吐き捨てた。

「嘘だと思うなら、それでもよい。官兵衛からは口止めされていたことだ」

そのまま用はすんだとばかりに、才と紅に背を向けて歩き出す。才はその場に凍り付いていたけれど、不意に糸が切れた操り人形のように頽(くずお)れた。

「はい、そこまで。どうだい、お芹。あんたがぼんやりしている間に、この三人はこういう芝居をしていたんだよ」

胸をそらした師匠の前で、芹は人より大きな身を縮める。そして、覚悟を決めて口を開いた。

「三人とも、すごく芝居がよくなったのね。特にお才さんは前の芝居と違いすぎて、狐につままれているみたい。一体、いつ稽古をしたの？」

「別に稽古はしていないけれど、お仁ちゃんも含めた四人で話し合ったのよ。九月の飛鳥山を成功させるために、どうすればいいかって」

五日前、芹から話を聞いた才は紅のところに駆け込むと、聞いたばかりの話を洗いざらい打ち明けた。その上で、芹のために何ができるか考えたという。

「お芹さんは、死んだおとっつぁんのためにも『仇討の場』を成功させたいと言ったでしょう。でも、稽古に使える時間は限られているし、あらかじめ、お仁ちゃんやお静ちゃんにもお芹さんのことを伝えておいたほうがいいと思ったの」

そこで行雲堂へ二人で赴き、仁に静を呼び出してもらった。そして、芹の話をするだけでなく、静と膝詰めて話し合ってみたそうだ。

「お仁ちゃんに言われたの。お静ちゃんのことをよく知れば、その、縁談相手と重なって意識することもなくなるって……。確かにその通りだったわ。今日は竜太郎の気持ちになって、ちゃんと芝居ができたもの。お芹さんもそう思うでしょう」

「え、ええ」

「竜太郎が真実を知って絶望するところは、お芹さんのおとっつぁんのことを思って演じたの。お芹さんから話を聞いたとき、あたしは少女カゲキ団のせいで人が死んだと思ったから」

自分がしたことで人が死んだ――そう思ったときに感じた恐怖は、竜太郎の絶望に近いはずだ。才はそう考えて、芝居に活かすことにしたという。

「でも、竜太郎は自ら手を下しているから、より絶望が深いわよね。もっと大げさに演じたほうがいいかしら」

才の勢いに圧倒されて、芹はあいまいに顎を引く。さっき「父の亡骸を手本に芝居をした」と言ったときは怪訝な顔をしたくせに、才だって自分とよく似たやり方で芝居をしているではないか。

「あら、あたしだって今日はいい芝居ができたと思うわ。うちの奉公人たちが集まっているところをのぞき見て、芝居の手本にしたんだから」

では、紅の大きく足を開いた恰好は魚屋の真似だったのか。武家の奉公人としてはいささか行儀が悪いけれど、かえって真に迫っていた。

「ちょっと、あたしの芝居だって捨てたもんじゃないはずよ。見物客がより竜太郎に同情するように、あえて悪役っぽくしたんだから」

「お静ちゃん、胸を張るのは結構だけど、それはあたしの考えでしょう。さも自分の手柄みたいな顔をして言わないで」

静も割り込んできたと思ったら、仁も負けじと声を上げる。ついていけない芹の肩を意味ありげな笑顔の師匠が叩いた。

「だから、言っただろう。芝居はひとりでするものじゃないって。あんたはこんな仲間を無視して死んだふりをしていたんだよ」

己の思い違いを突きつけられて、芹は「はい」と答えるのが精一杯だった。

ずっと、頼れる人はいないと思っていた。

本来一番頼りになる父は当てにできなくて、母も父が絡んだとたん、腰砕けになってしまう。まめやの主人の登美は、あくまで母の昔馴染みだ。母より自分を優先しろとは言えなかったし、差配にだってそろそろ嫌な顔をされるだろうと思っていた。

唯一の例外は師匠だが、それは芹の役者の才を見込んだからだ。見込み違いだったと思われたら、きっと掌を返される——そんな不安があったから、自分の芝居の出来が気になった。

やっぱり、お芹は芝居がうまい。他の娘たちとは比べ物にならないと思われたくて、逆にひとりよがりになっていた。

でも、あたしには、あたしのことを考えてくれる仲間がちゃんといたんだね。損得抜きで力になってくれる人たちが。

才に両親の話をしたときだって、「少女カゲキ団の仲間だ」と言ってくれた。それをうれしく思いながら、本音は信じていなかった。

苦労知らずのお嬢さんにできることなど何もない。竜太郎の芝居だけしっかりやってくれればいいと思っていたのに。

あたしはお才さんたちを見くびっていた。このままじゃ、芝居の足を引っ張るのはあたしじゃないか。

川崎万之丞の娘として、そんなみっともない真似は死んでもできない。才が下っ腹に力を入れたとき、師匠が両手を打ち鳴らした。

「さあ、今度はお芹も一緒にやってごらん。またひとりで寝ていたら承知しないよ」

「はい、今度は間違えません」

芹は気合を入れて返事をした。

幕間一　蔦屋重三郎のしくじり

江戸名所のひとつである吉原は、魚河岸や芝居町と並んで「日に千両落ちる」と言われている。それは女郎の手管だけではなく、金のかかる仕来りが山ほどあるということだ。

たとえば、普通の商いでは店より客の立場が強い。

ところが、吉原では売り物の花魁の立場が一番強い。野暮な客やケチな客は「嫌でありんす」と振られるから、客は強請られるままに金を使うことになる。

他にも吉原特有の仕来りはいろいろあるが、中でも厄介なのは、ほぼ毎月ある「紋日」だろう。

吉原では節句などの特別な日を「紋日」と呼び、ひとりの客が馴染みの女郎を一晩買い占めることになっている。おまけに、その日の揚げ代は「普段の倍」と決められていた。

元から高い揚げ代が倍になれば、客にとっては災難だ。それでも紋日に客が来るのは、その日を共に過ごした客こそ女郎にとっての一番だと世間に認められるからだろう。

人気のある女郎ほど、多くの馴染みを抱えている。紋日の客に選ばれれば、日頃張り合っている連中を見下すことができるのだ。

もっとも、そんな男の矜持はびっくりするほど高くつく。

倍の揚げ代に加え、女郎はもちろん、見世の若い衆や茶屋の主人にも祝儀が要る。敵娼が高位の花魁ならば、お付きの振袖新造や禿にも特別な祝儀を振舞って、花魁の顔を立てねばならない。

ここで下手に出し惜しめば、「あの旦那はしみったれだ」と陰口を叩かれて、次の紋日に来られなくなる。さんざん散財させられる客はたまったものではないが、迎える女郎も大変だった。

多くの客が群がる売れっ妓はいいけれど、お茶挽き女郎は自分の金で自分を買う羽目になる。普段はすっかり開き直って引け四ツ（午前零時）まで張り見世に居座る女郎すら、その日ばかりは目の色を変えて客を捕まえようとする。女郎を抱える楼主だけ笑いが止まらない仕組みなのだ。

そんな悲喜こもごもの紋日の中でも、本日八月十五日は特別だ。

中秋の名月を女郎と共に眺めた客は、後の月も同じ女と一緒に過ごすことになる。「片月見は縁起が悪い」という俗説をいいことに、同じ客から二度金を搾り取る。

蔦屋重三郎も引手茶屋の二階から、見事な満月を見上げていた。

まったく、悪知恵の働くやつもいるもんだ。「これが吉原の仕来りでございい」と言われれば、客は四の五の言えねぇからな。

江戸で唯一の御免色里は、大名旗本も文句の言えない格式高い社交の場だ。ここで下手に騒ぎを起こせば、己の男を下げてしまう。吉原はそんな客の弱みにつけ込み、容赦なく金を巻き上げる。

とはいえ、どんなものにも飽きが来る。

いくら別格だと威張ったところで、世の景気次第で強気の商いはできなくなる。吉原のにぎわいだって、果たしていつまで続くやら……。

周囲の喧騒をよそに、重三郎がそんなことを考えていたところ、

「ちょいと、蔦重さん。人をこんなところに呼び出しておいて、上の空とはあんまりじゃないか」

今夜の敵娼ならぬ、東花円に睨まれて、「こりゃ、すみません」と頭を下げた。

「いえね、今夜は吉原中でどのくらい儲けが出るかと気になって」

とっさに口をついたのは、いかにも商人らしい言い訳だった。

今夜はあまり雲がなく、恰好の月見日和である。

しかし、吉原の客は届かぬ月より、傍らの敵娼を眺めるのに忙しい。そして、少しでもいいところを見せようと、他の座敷と張り合うのだ。

――奥のひときわにぎやかな座敷は、どなただい。

――ここだけの話でございますが、廻船問屋の鳴海屋さんでござんすよ。敵娼の八尋花魁に強請られて、ずいぶん趣向を凝らしたようで。さっき座敷の前を通りましたら、芸者や幇間が七、八人もおりました。

――それはまた豪勢だね。うちも負けてはいられない。手の空いている若い衆をありったけ呼んどくれ。もちろん祝儀は弾むから。

――へい、毎度ありぃ。

今夜もそんなやり取りが茶屋のあちこちで繰り広げられているのだろう。男は常に見栄を張りたい生き物だが、惚れた女が見ていると歯止めが効かなくなりやすい。

いまも四方の座敷から三味線や太鼓の音に加え、まるで競い合うような笑い声まで聞こえていた。

いつもが日に千両なら、今夜は倍儲かるか。いや、紋日の客はひとりきりだから、さすがに倍はいかないか。

再び上の空になっていると、花円が不満げに眉を寄せた。

「他人がいくら儲かったって、あんたにゃ関係ないだろう。あたしはあらかじめ『他聞をはばかる話がある』と伝えておいたじゃないか。月見の晩に呼び出すからには、屋形船でも仕立ててくれるかと思ったのに」

こう騒がしくっちゃ、小さな声で話せやしない――不満を漏らす踊りの師匠に重三郎は眉を上げた。

「師匠、勘違いしちゃいけません。月見の晩は陸の上より、水の上のほうが混み合いますよ」

江戸の月見の名所と言えば、愛宕山や待乳山のような高台だ。

しかし、一番人気は船を仕立てて、水面の月も一緒に楽しむというものだ。不忍池や大川では、月見船がおしくらまんじゅうをしているだろう。

「そんなところで、あたしと二人でいるのを他人に見られてごらんなさい。あっという間に噂になります」

「ご心配なく。あたしは独り身でござんすよ。蔦重さんが相手なら、浮名儲けと言うもんさ」

しかつめらしく返したら、花円がさらに言い返す。口の減らない相手だと、重三郎は苦笑した。

「あいにく、こっちは大弱りです」

「どうしてだい」

「あたしが田沼様に睨まれますから」

この踊りの師匠の後ろ盾は、老中田沼意次である。茶化すように締めくくれば、花円はますます不機嫌になった。

「だからって、紋日の吉原に女を呼び出さなくともいいじゃないか。茶屋の主人からよく文句を言われなかったね」

「そりゃ、長い付き合いですからね」

相手も承知の事柄をにっこり笑って口にした。

大門前の五十間道に店を構える地本問屋、蔦屋の一番の売れ筋は、言わずと知れた『吉原細見』だ。

江戸の男なら一度は目にする「女郎買いの手引き書」は、年に二度刊行される。その版元を軽んじる茶屋の主人はいなかった。

「ところで、そっちこそ早く用向きを言ってくださいよ。師匠は吉原に泊まっていくわけじゃないんだから」

　重三郎に水を向けられ、花円は渋々今夜の本題を語り出す。その話を聞くうちに、重三郎の眉間にしわが寄った。

「それじゃ、九月の飛鳥山を最後に少女カゲキ団は解散させると言うんですか」

「ああ、大野屋の旦那に大きな釘を刺されてね」

　札差大野屋時兵衛は、自分の娘が少女カゲキ団に加わっていることを最初から承知していたらしい。花円はいきなり呼び出され、「娘の縁談が決まったから、お遊びは終わりだ」と告げられたとか。

「才花も親にばれないように気を付けていたんだけれど……供をしている女中が才花を裏切っていたんだよ」

　大店の娘はひとりで出歩くことはない。才は「お嬢さんの味方」を自称する女中を心から信用していたが、女中は才がしていることをすべて時兵衛に伝えていたそうだ。花円は忌々しげに吐き捨てて、膳の上の杯をひと息に干す。

「しかも、あたしはそのことを才花に伝えられないんだよ。親にばれたと知ったら最後、あの子は芝居どころじゃなくなっちまう」

「なるほどね」

　重三郎はうなずくものの、花円を見る目は冷ややかだった。

あの抜け目のない大野屋時兵衛が、世間知らずの箱入り娘に出し抜かれるとは思えない。それに奉公人を雇っているのは時兵衛なのだ。主人に忠義を尽くすのは、当たり前のことだろう。

花円だってそれを承知の上で、「いざとなれば、娘の秘密を盾に親を脅す」と息巻いていたのではなかったか。まさか大野屋に睨まれたとたん、しっぽを巻くとは思わなかった。

師匠の少女カゲキ団にかける意気込みはその場の勢いだったのかい。とんだ見掛け倒しで、がっかりだよ。

　こっちの苦々しい思いが伝わったのか、花円は気まずげに目をそらす。

「仕方がないじゃないか。向こうは旗本御家人と渡り合う札差の主人だよ。用心棒も大勢いるし、とても太刀打ちできやしない」

　いまさらながらの言い訳に、重三郎は細く長い息を吐く。

　ここでカッとなって相手を責めれば、喧嘩別れで終わってしまう。まずは落ち着くことが肝心だと、努めて口の端を上げた。

「大野屋さんほどのお人に睨まれて、女の師匠が怖気づくのは無理もないかもしれません。ですが、少女カゲキ団の錦絵はいまも売れているんです。ここであきらめちまったら、江戸の娘たちを裏切ることになりませんか」

「……だから、大野屋の旦那にお願いして、九月の芝居までは見逃してもらったんだよ。あの子たちが演じる『忍恋仇心中』は、次の『仇討の場』で幕になる。ちょうどキリがいいじゃないか」

「とんでもない。九月の芝居がうまくいけば、改めて最初から見たいと思うものでしょう。師匠だってそのつもりだったはずですよ」

九月の飛鳥山には、錦絵を見て少女カゲキ団の贔屓になった娘たちが大勢押しかけるに違いない。「仇討の場」が気に入れば、「見逃した『再会の場』をこの目で見たい」と言い出すに決まっていた。

今度の芝居をしくじって、解散するのは仕方がない。

しかし、やる前から解散を決めてしまうのはいかがなものか。

言葉巧みに翻意を促してみたところ、花円は困ったように額を押さえた。

「そんなことを言ったって、主役の才花が嫁に行ってしまうんだもの」

「だったら、主役を替えればいい。別の娘が水上竜太郎を演じればすむ話でしょう」

平然と言い返せば、花円が虚を衝かれたように目を瞠る。重三郎は自信たっぷりに微笑んだ。

「お芹さんの官兵衛はともかく、お才さんの竜太郎なら代役だって平気です。次も器量のいい娘が演じれば、特に文句は出ませんよ」

「でも、錦絵が」

「錦絵に描かれた娘と違うなんて、さて何人が気付きますか」

少女カゲキ団の錦絵は、もともと役者の正体をごまかすために描かれたものだ。役者の顔がそっくりそのまま描かれているわけではない。重三郎は言い訳めいた花円の懸念を鼻で笑った。

「竜太郎が誰であれ、官兵衛はお芹さんだ。目当ての役者が見られれば、客は満足するものです」

「それは……そうかもしれないけど」

「大野屋の旦那が少女カゲキ団の解散を命じたのは、自分の娘がいるからでしょう。だったら、お才さんだけが抜ければいい。蔵前小町が少女カゲキ団と縁を切れば、大野屋の旦那だって見逃してくれますよ」

時兵衛は本来、目新しい企てを面白がる性質なのだ。その証拠に、若い役者や芸者の後ろ盾を引き受けている。

少女カゲキ団一の美貌を誇る娘役者は惜しいけれど、錦絵の売り上げは遠野官兵衛のほうがはるかに上だ。看板役者の芹さえいれば、娘一座はこの先も続けられると重三郎は考えた。

「東流には娘弟子が大勢いるじゃないですか。蔵前小町の代わりなんていくらでもいるでしょう」

重三郎は笑顔のまま、花円の盃に酒を注ぐ。

しかし、東流の家元の手は膝の上から動かなかった。

「九月の芝居が評判になれば、少女カゲキ団の人気は一時のものじゃなくなります。『次こそ、ちゃんとした舞台で見たい』と騒ぐ娘も出てくるでしょう」

うまくいけば、専用の芝居小屋を作ることだって夢じゃない――調子よく大風呂敷を広げる重三郎に、花円は首を横に振った。

「……縁談は才花ひとりのことじゃない。他の子だって遠からず嫁入り先が決まります。そのときに少女カゲキ団が障りになったら困るんです。いまが潮時なんですよ」

「でも、お芹さんがいれば」

「芝居はひとりじゃできません。それにあたしに言わせれば、あの子の芸だってまだお粗末だ。舞台で演じて銭をもらうほどじゃありません」

こちらの言葉を遮って、花円が早口でまくし立てる。どうやら大野屋に脅されて怖気づいたというよりも、弟子の先行きを案じた上で解散を決めたようである。

こっちは甚だ不本意だが、相手はすでに肚を決めている。いま話をこじれさせ、九月の芝居が中止になったら元も子もない。言いたいことはいろいろあるが、ここは一旦引くべきだろう。

重三郎はわざとらしく嘆息した。

「いやはや、まったく残念だ」

「とんだ目論見倒れで、すまなかったね」

さすがに後ろめたいのか、花円はめずらしく伏し目がちだ。重三郎はひとまず話を変えた。

「それで、大野屋の娘の嫁ぎ先は？」

「あたしも詳しく聞いていないんだよ。どうやら、身分の高いお武家らしいけど」

「おや、お武家様ですか」

それはちょっと驚きだと、重三郎は首をかしげる。

大野屋時兵衛が自慢の小町娘を嫁がせるなら、己と肩を並べるような商家だろうと思っていた。

親に隠れて男姿で芝居をするようなじゃじゃ馬が堅苦しい武家に嫁いで、うまくやっていけるのかね。気位ばかり高い連中に寄ってたかっていびられるのが目に見えているじゃないか。

才の今後に思いを馳せ、他人事ながら心配になる。大野屋が身分の低い侍と縁を結ぶはずがない。きっと由緒正しく家格の高い、内証が火の車の家だろう。それそういう家ほど血筋や生まれを重んじるから、町人上がりの嫁は肩身が狭い。それを承知で嫁がせるのは、どんな目当てがあるからか。

顎に手を当てて考え込めば、花円が気を取り直したように口を開いた。

「何はともあれ、少女カゲキ団は九月で解散する。でも、あたしは娘一座をあきらめたわけじゃない。時期を見て、いずれまたと思っているのさ」

男姿の娘芝居が世間に受けることははっきりした。

これからは「嫁入り前の思い出作り」ではなく、「一生芝居を続けたい」と言う娘を一から役者に育てるという。

「いまはお芹しかいないけど、あの子と並んで見劣りしない娘もきっといるはずだ。そういう子たちを磨き上げて、『カゲキ団』として売り出すつもりでいるんだよ。その頃にはお芹も歳を食って、もう『少女』じゃないだろうから」

気の長い目論見を聞かされて、重三郎はうんざりした。

芸に真面目な花円のことだ。少女カゲキ団の稽古を続けるうちに、お嬢さんの半端な芸では飽き足らなくなったのだろう。さもなくば、人気ばかりが先行して中身がついていかないことを危ぶんだのか。

東流の弟子たちは大店の娘ばかりだからね。少女カゲキ団に引っ張り込んで親から睨まれるより、見込みのある貧しい娘を育てようということかい。少女カゲキ団の名が売れたいま、その気になる娘は多いだろうが……。

十五、六の娘には未熟な芸を補って余りある、そのときだけの華がある。「少女カゲキ団」から「少女」が外れたら、娘たちは目もくれないだろう。

嫁入り前の娘たちが遠野官兵衛に憧れるのは、自分たちと歳の変わらない娘が男芝居をしているからさ。年増のこってりした芝居なんて、脂下がった男たちが喜ぶだけじゃないか。

自分も女の端くれなのに、どうしてそこに気付かない。そう言い返したいのをこらえ、重三郎は周囲の喧騒に耳を傾けた。

――地本問屋は、女の機嫌をうかがう商売だ。

重三郎の口癖を多くの人は訝しがる。

田んぼだらけの田舎と違い、江戸には読み書きができる者が多い。武家はもちろん、町人もそれなりの暮らしをしていれば、イロハをちゃんと習っている。だからこそ、地本問屋があちこちにあり、貸本屋の手代たちが本を背に市中を回って歩く。

それでも、蔦屋は「吉原細見」の版元だ。

客の機嫌をうかがうなら女より男だろうと、世間は勝手に思うらしい。だが、男は機嫌をうかがわなくとも「吉原細見」を買ってくれる。

ゆえに気にするべきは、女の機嫌になる。それに女は読んだ本を気に入ると、勝手に宣伝してくれるのだ。

——あんたに言われて読んだけど、面白かったよ。まさか、おかみが手代に殺されるとは思わなかった。

——そうだろ。おしんさんなら気に入ると思ったんだよ。あたしはあれの続きを読んでいるんだけど、そっちも面白いよ。

——おや、続きがあるのかい。肝心のおかみが死んじまって、もう終わったのかと思ったよ。

女たちは天気や子育て、亭主の愚痴を言う合間に、そんな話もしているのだ。そして、女の間で人気が出ると、男も進んで読むようになる。女に声をかけるときのきっかけになるからだろう。

新たな流行は、女が好むものから生まれる。

だから、少女カゲキ団の贔屓が町娘ばかりだと知って、「それならいける」と踏んだのだ。

重三郎の見込み通り、水上竜太郎と遠野官兵衛の錦絵はよく売れた。しかも九月を前にして、遠野官兵衛の錦絵はいまも売れ続けている。

本音を言えば、男の重三郎にはなぜここまで受けるのかわからない。主役二人の顔は知っているが、芝居はまだ見たことがない。絵師の北尾七助が錦絵を描く場に立ち会っただけである。

竜太郎に扮した才は人形のように美しく、官兵衛に扮した芹の男ぶりはなかなか堂に入っていた。それなりに売れるだろうと思っていたが、ここまで売れ続けるとは思わなかった。

女が男の恰好をするのは、別に目新しいことではない。白拍子を例に取るまでもなく、男の恰好をすることで逆に色気が際立つのだ。

しかし、少女カゲキ団の役者は色気とは程遠い。また夢中になって騒いでいるのも、若い娘ばかりである。

娘たちは少女カゲキ団の何に惹かれているのだろう。

重三郎は気になって、絵草紙屋の店先で官兵衛の錦絵を買っている娘に声をかけてみた。「どうして、その錦絵を買うんだい」と尋ねたところ、娘は恥ずかしそうにはにかんだ。

――錦絵が一枚でも多く売れたら、少女カゲキ団の贔屓がたくさんいると官兵衛様にも伝わるでしょう。あたしは飛鳥山に行けないから、錦絵を買うことで少女カゲキ団を後押ししたくて。

さらに聞けば、官兵衛の錦絵を買うのは四枚目だという。娘の家は履物屋で、客の家に直した草履や下駄を届けて小遣いをもらい、錦絵を買っているのだとか。

下駄を届けてもらえる小遣いなんてたかが知れている。重三郎は柄にもなく後ろめたい気分になった。

――どうして、素人芝居の娘役者にそこまで入れ込むんだい。女に熱を上げるより、自分の女を磨きなさいよ。

女が女に貢いだところで、得られるものは何もない。それなら自分に金をかけ、いい男を捕まえたほうがいい――そんな思いで口にすれば、娘は表情を一変させて、足音も荒々しく去っていった。

そんな二人のやり取りを絵草紙屋のおかみは横でずっと見ていたらしい。クスクス笑いながら重三郎のそばに寄ってきた。

――蔦屋さんともあろうお人がてんでわかっちゃいないんだね。少女カゲキ団が娘たちに人気なのは、「素人芝居の娘役者」だからじゃないか。

おかみによれば、年頃の娘は貧富の差にかかわらず、自分の嫁入りとその後について一度ならず考えるとか。

――男と違って、女の役目は決まっているからね。嫁として亭主と義理の親に仕え、母として子を育てる。身分や懐具合で住む家や着物は天と地ほど違っても、他の生き方なんてできやしない。そう思って半ばあきらめていたときに世間を騒がせる娘たちがいたら、憧れもしますって。

――あたしだって嫁入り前なら、きっと夢中になりました。女だってその気になれば、他人と違うことができるんだってね。

笑いながら告げられて、重三郎は驚いた。

女の幸せは男に嫁ぎ、子を産み、育てることだろう。まさか、若い娘たちがそれを嫌がっているなんて。

——いまどきの娘たちはずいぶん思い上がっているんだな。

知らず低い声を出せば、おかみは苦笑して言い添えた。

——勘違いしないでくださいよ。あたしだっていまの暮らしが不幸だなんて思っちゃいません。うちの娘が大きくなったら、ちゃんと嫁に出しますとも。でも、女は常に男の陰で生きることになるでしょう。だからこそ、人前で拍手喝采を浴びる少女カゲキ団に憧れるんですよ。

いかにも「男の陰で生きる女は大変だ」と言いたげだが、男の陰に隠れることで女は守られて生きている。重三郎はムッとして、「男の人生だって、苦労ばかりでつまらないぞ」と言い返した。

——男だって好き勝手に世渡りができるわけじゃない。惣領は親の跡を継ぎ、次男三男は養子に行くか、早くから奉公に出されちまう。嫁入りまでは遊んでいられる女のほうがましじゃないか。

——でも、男の仕事はいろいろあるでしょう。もちろん、望む仕事に就ける人は少ないと知っていますけどね。女は生まれたときから否応なしに子を産み育てるって一本道が決まっているんです。それがあまりに窮屈で、少女カゲキ団が生まれたんじゃないのかねぇ。ほんの短い間でも、女であることをやめたくて。

おかみの言葉は納得しかねる部分が多々あったが、とにかく少女カゲキ団に若い娘を惹きつける何かがあるのは間違いない。

座元の東花円は「九月で解散する」と言うけれど、まだまだ儲かるとわかっていながら、あきらめるつもりはない。蔦屋の引っ越しと九月の芝居が終わったら、再度考え直すように花円を説得するつもりだった。

その矢先の八月十八日、重三郎に文（ふみ）が届いた。

透かしの入った上質な紙には、「二十日に船を出すから、月見の相手をしろ」と書かれている。その文の送り主が問題だった。

何だって、こんなものが俺のところに届くんだい。二十日の晩に月見だなんて、天下の筆頭老中は何を考えていなさるのか。

何度も文を読み返し、重三郎は頭を抱えた。

いまを時めく老中田沼意次から、お忍びの誘いを受けるのは初めてではない。将軍様の次に偉いお方は下々のことまで気になるようで、江戸っ子の暮らしぶりや商いについて何度かお話ししたことがあった。

とはいえ、呼び出しがかかるのは、決まって何かあったときだ。

先月の末も「浅間山の噴火について、江戸の庶民は何と言っている」との御下問を受けたので、

――灰や砂が降った当初は、誰もが気味悪がっておりました。ですが、江戸から派手に火を噴く山が見えたわけじゃあございません。浅間山が噴火したとわかった後も、「浅間山が火を噴いて、大勢人が死んだんだと」「へえ、そりゃ大変だ。愛宕山でなくてよかったぜ」と言い合うくらいでございます。あちらの米や材木を商う連中は大騒ぎしておりましょうが、江戸っ子は呑気なものです。

ざっくばらんに答えたところ、先方は安堵の色を隠さなかった。天変地異が起こるのは、「政が天意に反した証」だとか。この夏の雨の多さや奥州の飢饉も相まって、千代田のお城でさんざん叩かれたのだろう。

そもそも田沼意次という人物は、本来なら天下の老中職に就けるような生まれではない。意次の父は元紀州藩士で、徳川吉宗が八代将軍を継いだ際に幕臣となったが、家格は高くなかったという。

親の代で直参になった新参者が将軍様の御側御用取次に取り立てられて、次いで大名に成り上がり、とうとう筆頭老中にまで上り詰めた。まるで夢物語のような、恐るべき立身出世である。

それだけでもとんでもないのに、田沼様は御嫡男も幕府の要職に就けようとしているらしい。他の大名旗本から白い目で見られるのも無理ないさ。人余りの幕府では、役目に就けない寄合旗本や小普請が掃いて捨てるほどいる。周りにいる連中は「田沼が政を私している」と非難したくもなるだろう。お殿様も倅にそばで支えてほしくなったんだろうが、やり方がいささか強引すぎる。これが味方のいない成り上がりの悲しさか。

ちなみに、庶民の間でも田沼政治の評判は悪い。

かつてのように「質素倹約」を押し付けないのは結構だが、物の流れが盛んになって幕府と一部の豪商が儲かった結果、より貧富の差が広がった。

さらに、長引く飢饉で食い詰めた地方の貧農がどんどん江戸に押し寄せてくる。勢い日雇い仕事の手間賃は下がり、物の値は上がっていく。暮らしは当然苦しくなり、その恨みが筆頭老中へ向けられる。意次もそれをわかっているから、重三郎から庶民の声を聞きたがるのだ。

しかし、前に顔を合わせてから、まだひと月と経っていない。

先月の末からこっち、何か大きな騒ぎがあっただろうか。うろたえる重三郎の頭に、ふと一昨々日の晩のことがよみがえる。

まさか、師匠が田沼様に何か言ったのか。

いや、少女カゲキ団は正体を隠した娘一座だ。しかも、これから解散するのに、自ら打ち明けるはずがない。

となると、考えられるのは……この前の狂歌の会で詠まれたご政道批判が耳に入ってしまったのか。それとも、ひそかに売り出したきわどい「わじるし」（春画）のことだろうか……。

心当たりがあれこれ浮かんでくるものの、どれも御用繁多の老中が気にするほどのことではない。結局、見当がつかないまま、重三郎は山谷堀から屋形船に乗り込む羽目になってしまった。

「おや、蔦屋重三郎としたことが、今夜はやけにくたびれているではないか。さては、女から病でももらったか」

出会い頭に、お忍び姿の老中は下世話なことを口にする。重三郎はこわばってしまう顔に精一杯笑みを浮かべた。

「お殿様、ご心配には及びません。手前の顔色が悪いのは、お殿様の急なお召しがあったからでございます」

「これは異なことを申すものだ。そなたとは何度も顔を合わせておる。いまさら固くなることもあるまいよ」

相手はそう笑い飛ばし、涼しい顔で盃を空ける。そのしわ深い顔を重三郎はじっと見つめた。

初めて顔を合わせたのは、三年前。狂歌仲間である旗本家の用人が二人を引き合わせたのである。

――おぬしは世間の裏も表もよく知っている。先様は身分のあるお方だが、あくまでお忍びだ。余計な詮索は一切せず、お尋ねになられたことにお答えすればよい。狂歌師としての格はこっちが上でも、相手は一応侍だ。そんなふうに言われれば、面倒でも断れない。

連れていかれた料理屋の座敷には、上品な年寄りがちんまり上座に座っていた。あらかじめ用人に言われた通り尋ねられたことだけ面白おかしくお答えしたら、幸か不幸か気に入られた。

その後で正体を明かされて、どれほど仰天したことか。貧乏旗本の用人が雲の上のお方を連れてくるなど、一体誰が思うだろう。

だが、二度、三度と顔を合わせるうちに、こっちもだんだん慣れてくる。最初は畳に這いつくばっていた重三郎も頭が高くなっていった。

「それで、本日の御用は何でございましょう」

考えてもわからないときは、さっさと聞いたほうが早い。つい切り口上で尋ねれば、意次にも窘められた。

「そう慌てるな。まずは一献傾けて、夜空の月を見るがよい。まんまるとはいかないが、これはこれで趣がある」

言われるままに障子の向こうへ目を向ければ、船は山谷堀を抜け、ちょうど大川に出るところだった。今月は夏と違って雨が少なく、川の流れは穏やかだ。

大川端には凝った造りの料理屋や船宿が軒を連ね、座敷から漏れる灯りが暗い水面を照らしている。上へと目を転じれば、歪みのない月が煌々と輝いていた。

五日前と違い、今夜の月は梅干しの種みたいだね。

ふと月の形から、余計なことを考える。

いや、梅干しの種は光らないから、もっといい喩えはないだろうか。重三郎は目を眇め、ややしてポンと手を打った。

「今夜の月は猫の目のようでござんすね」

「なるほど、さすがにうまいことをいうものだ。時に蔦屋、そなたは五日前も月を見たであろう」

ご老中の言葉に重三郎はハッとした。

十五夜の話が出るということは、やはり東花円絡みなのか。

しかし、師匠が何を言ったのか見当もつかない。重三郎は内心冷や汗をかきながら「はい」と答え、相手の次の言葉を待った。

「あの夜もよい月だったのに、夜四ツに月が蝕で欠けてしまい、せっかくの月見の宴もそこで終わりになったとか。中秋の名月が欠けるなど縁起でもないと、庶民はさぞ怯えておろうな」

疲れのにじむ声を聞いて、重三郎は目を瞬く。今夜の急な呼び出しは、月蝕絡みだったらしい。

あの晩は五ツ（午後八時）過ぎに花円と別れ、自分の店に戻ってしまった。その後に蝕が起こったことは、翌朝になって他人から聞いた。

だが、それが何だってんだ。月が欠けたまんまじゃ心配だが、すぐに元通りになったんだろう。田沼様も案外肝っ玉がちいせぇな。

腹の中でうそぶきつつも、重三郎は慎重に言葉を選ぶ。いくらお忍びであったとしても、うっかり機嫌を損ねればこっちの首が飛びかねない。

「手前の知る限り、そのことで騒いでいる町人はおりませんが……お殿様の周りでは何かございましたか」

「そこはまぁ、それなりにな。だが、そうか。庶民は気にしておらぬのか」

いかにもほっとしたように呟くと、意次は静かに盃を干す。重三郎はその言葉と表情に、相手の老いを強く感じた。

しかし、それも無理からぬことだろう。お城には成り上がりの老中を蹴落としたい連中しかいないはずだ。

もし田沼様が隠居をすれば、次の老中は誰になるのか。

頭の固い人物が権勢を握り、窮屈な世にされてはかなわない。重三郎は相手の盃に酒を注いだ。

「月蝕が何だと言うんです。月なんて年中満ち欠けしておりますよ」

「だが、ここ数年は天候が落ち着かず、凶作続きではないか。そのため一揆が多発し、再開した印旛沼の干拓も思うように進んでおらん。挙句、浅間山の噴火に月見の晩の月蝕だ。これでは政を与るわしの不徳と責められても言い返せん」

「お殿様、そんなふうにおっしゃっては向こうの思う壺でござんすよ。『二度あることは三度ある』と申しますが、『三度あることが四度ある』とは申しません。災いもそろそろ種切れでございます」

「ならばよいが……わしはさらに大きな災いが迫っているような気がしてならん」

いつになく弱気な言葉を漏らされ、重三郎は強引に話を変えた。

「空の月より、地の花のほうが世間では評判になっております。『少女カゲキ団』という娘一座は男姿で芝居をするそうで」

勢いで口にしたとたん、相手の目が鋭く光った。

「娘が男姿で芝居をするなど、まるで女歌舞伎ではないか。町奉行所は何をしているのか」

叱りつけるようなその口ぶりに、重三郎は臍を噛む。ご老中にこの話はするべきではなかったようだ。

いまでこそ野郎歌舞伎が隆盛を誇っているけれど、歌舞伎の始まりは出雲阿国の「歌舞伎踊り」とされている。

美しい女による男姿の踊りは人気を博し、次第に色も売るようになる。それが行き過ぎてしまった結果、「女歌舞伎」は禁じられ、次いで登場したのが「若衆歌舞伎」だ。こちらもほどなく色に流れて禁止となり、いかつい男たちだけで演じる「野郎歌舞伎」が今日まで続いている。

それらの事情は承知の上で、重三郎は言い訳した。

「お殿様、女歌舞伎ではありません。少女カゲキでございます」

「娘が男姿で芝居をするのだろう。名前を変えたところで、中身は同じではないか」

「いいえ、同じではございません」

叱責(しっせき)覚悟で言い返せば、ご老中は何か感じるものがあったらしい。盃を干して、重三郎を睨みつけた。

「ならば、何が違う。申してみよ」

さっきまでの疲れた老人が全身に覇気をまとう。

その威厳に気圧されて、重三郎は唾を呑み込んだ。

ここでうかつなことを言えば、少女カゲキ団は九月の芝居を待たずして解散する羽目になりかねない。それだけは絶対に避けなければ。

あたしはまだ少女カゲキ団の芝居をこの目で見ちゃいないからね。お殿様の思い違いを晴らさないといけないよ。

そのために、まず言うべきことは――重三郎は肚(はら)をくくった。

「歌舞伎は『歌い舞う伎(わざ)』ですが、カゲキは『花が化(ば)ける伎』と書きます。開きかけたつぼみのごとき娘が男に化ける。それが少女カゲキでございます」

「なるほど、物は言いようじゃ」

「それに、少女カゲキ団は客から金を取っておりません。花見の茶番芝居が大変な評判になり、少女カゲキ団を名乗るようになったのです。そんな娘一座の熱心な贔屓は、娘役者と歳の変わらぬ町娘ばかり。いえ、吉原の女郎の中にも贔屓はずいぶんいるようでござんすが」

　大門の中の絵草紙屋でも、遠野官兵衛の錦絵は売れている。禿や振袖新造がうれしそうに買い求めている姿を何度も見ていた。

「ご公儀が女歌舞伎を禁じたのは、色に流れたからでございましょう。ですが、少女カゲキ団は違います。男に好色な欲を抱かせるのではなく、嫁入り前の娘たちに夢と勇気を与えるのでございます」

　絵草紙屋のおかみの言葉はそういうことだろう。一度も見たことがないくせに、重三郎は自信をもって断言する。

「女が男姿で芝居をすれば、男を惑わす女歌舞伎――そう決めつけるのは、いささか早計ではございませんか。少女カゲキは女による女のための芝居です。色に流れ、江戸の風紀を乱すことはございません」

　怯みそうな己を鼓舞しながら、重三郎はひと息に言って平伏する。ややして、「言いたいことはわかった」と声がした。

「蔦屋重三郎がそこまで言うのだ。少女カゲキ団はおよそ色気とは程遠い娘たちなのであろう」

「はい、だからこそ、娘たちが夢中になるのです。どうか、少女カゲキをお認めいただけませんでしょうか」

ご老中が認めてくだされば、専用の芝居小屋だって夢ではなくなる。身を乗り出した重三郎に、相手は首を左右に振った。

「少女はいずれ女になる」

「で、では、役者を二十歳(はたち)より若い娘に限ってはいかがでしょう」

「歳が若くとも、女は女だ。初めは芝居だけでも、いずれ色を売るようになるであろう。とにかく、女歌舞伎はご法度だ」

苦々しげに言い切られ、重三郎の顔から血の気が引く。

これでは九月の芝居すら披露できなくなるかもしれない。しくじったと後悔しても、もはや後の祭りだった。

四

八月二十三日の昼八ツ（午後二時）前、どんよりした曇り空にもかかわらず、高砂町に向かう才の足取りは軽かった。

今日は本来、少女カゲキ団の稽古の日ではないけれど、急遽することになったのだ。こんなことができるのも、芹が師匠のところにいるからだろう。

そうなった事情を考えれば、大っぴらに喜ぶことはためらわれる。それでも、才は胸が弾むのを止められなかった。

だって、ようやく竜太郎の見せ場の稽古ができるんだもの。お師匠さんはどういう振り付けをしてくれたのかしら。

才が今日習うのは、真実を知って絶望した竜太郎が官兵衛への思いを胸に踊る踊りだ。その後、竜太郎は命を絶ち、「忍恋仇心中」は幕となる。

芝居はどんなに途中が盛り上がっても、最後にしくじればそれまでだ。成否はこの踊りにかかっているのに、ずっと後回しにされていた。

それにしても、物事はどう転ぶかわからないわね。お芹さんのおとっつぁんが少女カゲキ団の悪口に怒ったせいで殺されたと聞いたときは、九月の芝居もできないかと思ったのに。

芹は少女カゲキ団に誘った才を恨むどころか、「感謝している」と言い切った。だが、言葉とは裏腹に涙をこらえる姿を見て、才は「せめてもの償いにできることをしよう」と決めたのだ。

お芹さんの気持ちはどうあれ、少女カゲキ団がお芹さんから両親を奪ってしまったのは確かだもの。あたしは言い出しっぺとして、頼まれた通りに竜太郎をしっかり演じるだけよ。

でなければ、少女カゲキ団の肩を持ってくれた芹の父にも申し訳ない。自分たちの芝居が評判になってこそ、悪く言った連中の鼻を明かすことになる。才はそう考えて、他の仲間にも芹の身に起こったことを打ち明けた。その結果、バラバラだった少女カゲキ団の気持ちがひとつにまとまったのである。

才も浮ついた気持ちが吹き飛んで、静の性別なんてちっとも気にならなくなった。後はこれから習う踊りを立派に踊るだけである。

あいにく「仇討の踊り」では官兵衛の引き立て役にすぎないけれど、最後の踊りはあたしのひとり舞台だもの。誰(だれ)に遠慮することなく、東流一の腕前を披露させてもらいましょう。

才はひとり意気込んで、よりいっそう足を速めた。

夏の暑い盛りと違い、この時期は雨に濡(ぬ)れると風邪(かぜ)を引く。往来を行き交う人々は不安そうに空を見上げて、いまにも駆け出しそうな勢いだ。おかげで才の早足も人目を引くことはなかった。

師匠は自分の踊りの腕前を一番よく知っている。芝居を華々しく終わらせるためにも、見ごたえのある振り付けをしてくれているだろう。

あたしは身体(からだ)が柔らかいし、派手な海老(えび)ぞりだってできるもの。でも、地べたの上であれをやると、袴(はかま)が汚れてしまうわね。

それに稽古のときと違い、草履(ぞうり)で踊ることになる。果たして足元は大丈夫かと、才はにわかに不安になった。

だが、そんなことを案じたところで、いまさらどうしようもない。師匠はきっとその辺りも考えて振り付けをしているはずだ。

お仁ちゃんは「鐘づくし」の曲にどんな歌詞をつけたのかしら。ああ、気になるったら、ありゃしない。

夢中で歩き続けた才は、高砂橋の手前でふと足を止めた。

振り向けば、供の兼が二、三間（約四〜六メートル）ほど後ろを歩いている。いつもはつかず離れずついてくるのに、今日に限ってどうしたのか。

右手の蛇の目が邪魔だとしても、遅れるような兼ではない。才は供の女中が追いつくのを待ち、小首をかしげて声をかけた。

「お兼、何だか元気がないのね。ひょっとして、具合でも悪いのかしら」

空模様のせいなのか、顔色も普段に比べて悪い。心配になって見つめれば、兼は困ったように眉を下げた。

「いえ、大丈夫です。ご心配をかけてすみません」

「お願いだから、無理はしないでちょうだいね。外出の供を頼めるのは、お兼しかいないんだから」

大店の娘はひとり歩きを許されない。親の意を汲んだ奉公人が常に目を光らせている。才だって兼が進んで嘘の片棒を担いでくれなければ、少女カゲキ団を始めることなどできなかった。

奉公人の弱みを握っていると言うお仁ちゃんはともかく、お紅ちゃんやお静ちゃんは供の目をごまかすためにいろいろ苦労しているもの。あたしはお兼がそばにいて、本当によかったわ。

改めて感謝しつつ、才は我が身を振り返る。兼が自分に甘いのをいいことに、振り回しすぎたかもしれない。

しかし、少女カゲキ団はようやくひとつになったところである。稽古の遅れを取り戻すためにも、ここで休むわけにはいかない。才が無言で眉を寄せれば、「大丈夫ですよ」と兼が笑った。

「ご心配をかけてすみません。ちょっとぼんやりしていただけで、具合が悪いわけじゃありませんから」

そんな奉公人の言葉を鵜呑みにするほど、才だって子供ではない。兼は恐らく無理をしていると思ったが、高砂町に通うのも残りわずかである。申し訳なく思いながら、

「ああ、よかった」と胸をさすった。

「お兼に寝込まれたら、あたしは身動きが取れなくなるもの」

「ええ、わかっております」

力強くうなずかれて、再び西へと歩き出す。そして、雨が降り出す前に稽古所に入ることができたのだが、

「あら、お静ちゃんは？」

着替えて稽古場に顔を出すと、静だけまだ来ていない。仁によれば、今日の稽古は休むという。

「いまからだと一刻（約二時間）余りしか稽古ができないでしょ。それに竜太郎の踊りは、高山の出番の後だから」

そういうことなら仕方がない。何より時間がないのだから、すぐに竜太郎の踊りの稽古が始まるだろうと思いきや、師匠は意外なことを言った。

「才花の稽古に入る前に、お芹の踊りを見てもらおう。竜太郎の踊りは官兵衛の踊りの対みたいなものだからね」

芹が中心の「仇討の踊り」では、義太夫で官兵衛の胸の内が語られる。これから習う踊りでは、竜太郎の胸の内が長唄（ながうた）に乗せて語られるのだ。

しかし、自分と紅だって「仇討の踊り」は共に踊る。「あたしたちは見ていていいんですか」と尋ねれば、師匠は笑顔でうなずいた。

「ああ、一緒に踊ったら落ち着いて眺められないだろう。お芹はここ何日かでずいぶん上達したんだよ」

上機嫌で言われたものの、才はまともに受け取らなかった。

人の身体は頭で思う通りに動くようで、案外ままならないものだ。本人は手本の通り、言われた通りに動いているつもりでも、傍からは違う動きに見えてしまうことも少なくない。

何より、自分の踊る姿を自分の目では見られない。ちゃんと踊れているか否かは、師匠に見てもらうしかないのである。

芝居だって動きは決まっているが、それ以上に台詞と表情がものを言う。それに自分の声は聞こえるし、表情は鏡で確かめられる。踊りに比べれば、ひとりでも稽古がしやすいはずだ。

お芹さんはちゃんとした踊りの稽古を始めて、まだ日が浅い。役になり切ることはできても、身体が正しい動きを呑み込んでいないわ。踊りは一朝一夕で身につくものじゃないんだから。

芸に厳しい師匠だが、芹を見る目は甘くなる。きっと、稽古を始めた頃に比べて、上達したということだ。

師匠の三味線が「京鹿子娘道成寺」の「道行」を奏で始め、仁が独特の節回しで語り出す。才は思わず仁のほうに振り向いた。

手放しで「うまい」とは言えないながら、義太夫らしくなっている。この間まで絞め殺される鶏のようだったことを思えば、目を瞠る上達ぶりだった。

お仁ちゃんも人知れず、義太夫の稽古を重ねていたのね。さて、お芹さんの踊りはどうかしら。

最初は「お手並み拝見」と見下していた才だったが、踊り出した芹を見てすぐに我が目を疑った。

見よう見まねで踊りの稽古をしてきた芹は、正しい踊りの姿勢や形を学んでいる最中だ。これまでも足を一歩踏み出すたび、「つま先の向きがおかしい」とか、「指先に力が入りすぎ」「顎が上がっている」と山ほど小言を言われていた。少女カゲキ団の看板役者にしてみれば、肩身が狭かったに違いない。

だが、芹はふてくされることもなく、師匠に食らいついていた。その甲斐は徐々に出てきていたが、自分たち名取に比べれば数段劣ると思っていた。

そんなこっちの見込みに反し、芹の踊りはきちんと形になっている。予想を超えた上達ぶりに才は内心目を剝いた。

しかも、形だけではなく、ちゃんと官兵衛になり切っている。

見物客は官兵衛が竜太郎の父の仇ということしか知らない。官兵衛が義太夫の当て振りをすることで、竜太郎への秘めた思いをここで見物客に伝えるのだ。

芝居であれば、役者は台詞に思いの丈を込められる。

だが、踊りには台詞がない。決められた振り付けと表情で胸の内を見物客に伝えるのだ。芹にはまだ難しいだろうと思いきや、「笑わば笑え　忍恋」のくだりなど、竜太郎に向ける目つきが切なすぎ、才は思わず胸を押さえた。若い娘がこんな目で踊る官兵衛を見たら、黄色い声を上げるだろう。

芹の思いがけない上達は、少女カゲキ団のひとりとして喜ばしいことである。それは重々わかっていながら、才は手放しで喜べなかった。

師匠の厳しい稽古に耐えたこれまでの年月が頭をよぎる。

——お才、また左肩が下がっているよ。

——そこは「トントコトン」の最後の「トン」で、板を強く踏むんだよ。最初から強く踏んでいたら、うるさくって仕方がない。

——いくら形が決まっていても、気持ちが入っていなくちゃ意味がないだろう。それでも東流の名取かい。

踊り、琴、三味線、お茶にお華——才の師匠は厳しい人が多かったが、中でも東花円の厳しさは飛び抜けていた。

才は本来、呑み込みのいいほうではない。踊りの稽古は特に熱心に繰り返して、東流で一番の踊り上手と言われるようになったのだ。

しかし、遠からずその座を明け渡すことになるだろう。

これが持って生まれた才の差というものか。

芹は何かにつけて、「あたしは貧乏だから」と言うけれど、それが何だと言うのだろう。金では買えない尊いものを誰より持っているくせに。

あたしは何の才にも恵まれないのに、名前だけが才だなんて……。おとっつぁんも名づけを誤ったわね。

この名にふさわしいのは、芹のほうだ。才は自嘲混じりに思い、次の瞬間ヒヤリとした。これでは才をうらやんで、「あなたはいいわね」と嫌みたらしく言っていた娘たちと変わらない。

お芹さんはお師匠さんの居候になってから、必死で稽古をしたはずよ。でなきゃ、いくら才があったって急に上達なんてしやしないわ。

芹に芝居の才がなかったら、少女カゲキ団が評判になることもなく、芹の父が死ぬことも、母と仲違いすることもなかったろう。それを思えば、「あなたはいいわね」なんて口が裂けても言ってはいけない。

人並み外れた大きな才は、時に人並み外れた不幸を招く。それでも天賦の才を手に入れたいと、どれだけの人が願うだろうか。そもそも選べるものではないが、自分はほしいなんて思わない。

お芹さんは我が身の不幸を乗り越え、ここまで上達したんだもの。あたしも東流名取の意地にかけて、見劣りする踊りはできないわ。

この先追い抜かされるとしても、いまはまだ負けていない。生来の負けず嫌いに火がついて、才はにわかに闘志を燃やす。

そんな思いを知ってか知らずか、芹の踊りが終わったとたん、師匠が顎を突き出した。

「さあ、どうだった？」

「とってもよかったです。お芹さんがここまで踊れるなんて、思っても見ませんでした。お芹さん、死んだおとっつぁんもきっと喜んでくれるわよ」

最初に手を叩いてほめたのは、義太夫を語った仁である。手放しの賛辞に芹もほっとしたように破顔した。

「そう言ってもらえるとうれしいよ。九月の飛鳥山は、あたしも絶対に成功させたいからね」

芹はそう応じてから、才のほうに目を向ける。才はその目を見つめ返して、おもむろに頭を下げた。

「お師匠さん、あたしの稽古もお願いします」

「ああ、それじゃ始めようか。花仁、三味線がなくてすまないけれど、『鐘づくし』ならぬ『恋づくし』を歌っとくれ」

立ち上がった師匠に仁がうなずく。そして、師匠が稽古場の中央に立つのを待って、歌い出した。

恋に恨みは数々ござる
恋を知らぬは情けなし
恋に落ちるは愚かなり
遅れて恋を知ったとき
片羽はすでに失せにけり
残る片羽は用なしの余りもの
鳴いたとて声はあの世に届くまい
聞いて驚く人もなし
我も片羽の後を追い
この世の恋と離別いたさん

長唄「鐘づくし」の歌詞は、能の「三井寺」から取ったものだ。

元は「三井寺の鐘がさまざまな時刻にどう聞こえるか」というもので、「涅槃経」の偈を配しているとか。曲も出だしを除けばゆったりしており、能の動きによく似た格調高い踊りである。

師匠はこの「恋づくし」でも、元の踊りとよく似た振り付けをしていた。「仇討の踊り」が「道行」とまったく違うので、こっちも違うと思っていたのに。予想外の振り付けに才は目を丸くした。

もっとも、ひとりで踊る「道行」に対し、「仇討の踊り」は三人で踊る。そこからして似たような振り付けになるはずがなかったが、才としては面白くない。

最後の見せ場となる踊りなら、もっと派手な振り付けでもいい。物足りなさを覚えていると、踊り終えた師匠と目が合った。

「才花、どうだい」

「あの、お師匠さんはどうして『鐘づくし』にしたんですか。もっと派手な踊りのほうが盛り上がると思うんですが」

師匠の振り付けに異を唱えるのはご法度だが、才は黙っていられなかった。「京鹿子娘道成寺」には、もっと激しい振り付けの踊りもある。

すると、師匠は眉を上げ、「わかってないね」とうそぶいた。

「竜太郎は絶望に囚われて、官兵衛の後を追うんだろう。下手に激しい振り付けにしたら、恋に狂った女みたいになるじゃないか。元服前でも竜太郎は侍だ。あくまで格調高い踊りで胸の内を伝えなきゃ」

そんなふうに言われれば、重ねて異は唱えられない。引き下がるしかないけれど、いまの踊りを飛鳥山で優雅に踊る自信がなかった。

「お師匠さん、振り付けの狙いはわかりました。でも、ゴツゴツした地べたの上で、果たしてすり足ができるでしょうか」

能は舞台から足を離さないすり足が基本である。いまの踊りの振り付けもそうなっていた。

才は「鐘づくし」を踊っているから、もちろんすり足だってできる。

だが、舞台の上ではできることも、地べたの上では難しい。まして、当日は草履を履いて踊るのだ。無理にすり足をしようとして、転んだりしたら台無しになる。

困惑もあらわに尋ねれば、師匠も一瞬口ごもった。

「それはあたしも思ったけどさ。死に向かう幽玄さを出すために、格調の高い振り付けでないと……」

「見物客の前で転んだら、幽玄もへったくれもありません」

竜太郎が転んだ瞬間、悲恋は喜劇になってしまう。才がむっつり言い返すと、師匠が大きなため息をつく。

「仕方がない。明後日にも、あたしとお芹で下見に行ってくるよ。こりゃ無理そうだと思ったら、足の運びを考えるから」

「お師匠さん、『恋づくし』を踊るのはあたしです。どうして、お芹さんと飛鳥山に行くんですか」

いまの踊りができるか否か、判断するのは自分の役目だ。芹も飛鳥山では踊るけれど、すり足はそれほどなかったはずだ。

目を吊り上げて嚙みつく才に、師匠はまるで悪びれなかった。

「だって、あんたは気軽に出かけられないだろう」

「ご心配なく。こればっかりは人任せにできません。明後日の下見はあたしも一緒に行きます。お師匠さん、それでいいですよね」

才の剣幕に師匠が気圧されたようにうなずく。

続いて紅と仁も「あたしたちも一緒に行きます」と訴えたが、それは師匠が許さなかった。

「五人揃って下見に行き、あたしたちの正体が見透かされたらどうするのさ」

紅は「あたしだって踊ります」と言い張ったが、師匠は頑として聞き入れない。ちなみに、兼も連れていけないと言われてしまった。

「器量よしの才花と背の高いお芹が飛鳥山にいてごらん。勘のいい娘がいたら、怪しまれるかもしれないだろう。お芹は才花のお供をしている女中のふりをするんだよ。あたしはばあやのふりをするから」

師匠曰く「少女カゲキ団好きなお嬢さんと、供のばあやと女中」を装うらしい。兼にもそう伝えると、血相を変えて首を横に振られた。

「非力な女だけで出かけて、何かあったらどうなさいます」

お嬢さん大事の奉公人は師匠にも詰め寄ったが、うまく言い含められたらしい。その場は引き下がったものの、帰り道で再びむし返された。

「お嬢さん、あたしはやっぱりお嬢さんの身が心配です。お嬢さんが許してくだされば、当日はお師匠さんに気取られないように後をつけます」

兼はあくまで真剣だったが、才はうっかり噴き出した。

いや、父親に剣術を仕込まれて、男より強い兼のことだ。下っ引きよろしく、相手に気取られないように後をつけることもできるかもしれないが。

「後でお師匠さんにばれたら、あたしが叱られてしまうじゃないの。お兼はあたしたちが戻ってくるまで、稽古所で待っていてちょうだい」

この時期の飛鳥山は、花見の時期と違って酔っ払いもいないだろう。それに師匠と芹もいるのだから心配いらない——言葉を尽くしてなだめると、なぜか兼の表情が痛みをこらえているように見えた。

「ですが、お嬢さんに何かあったら……」

「本当にお兼は心配性ね。でも、心配してくれてありがとう。お兼がいてくれて、あたしは本当に幸せだわ」

雇い主を裏切ってまで忠義を尽くしてくれる奉公人はめったにいない。才は兼の手を取った。

「おとっつぁんには文句もいろいろあるけれど、兼をあたしの女中にしてくれたことはありがたいと思っているの。これからもよろしく頼むわね」

才が笑顔でそう言えば、兼はなぜかうつむいて「もちろんです」とうなずいた。

二十五日の朝は幸いにして、いい天気だった。

才は胸を撫で下ろし、いつものように兼を連れて稽古所に赴いた。ここで供の兼と別れ、師匠と芹を引き連れて飛鳥山へ向かうのだが、

「お師匠さん、その恰好は何ですか」

出迎えた師匠の姿を見て、才は目を丸くした。

「あらかじめ言っておいたじゃないか。あたしは才花お嬢さんのばあやで、お芹は女中のふりをするって。どうだい、それらしく見えるだろう」

自信たっぷりに言われれば、こっちはうなずかざるを得ない。

しかし、「これが本当にお師匠さん？」と矯めつ眇めつしてしまう。

才が東流に弟子入りして十年以上経つけれど、師匠の見た目は昔とちっとも変わらない。踊りの師匠という商売柄か、立ち居振る舞いに一切の隙がなく、いつもきれいで粋だった。

その師匠が白髪交じりの髪を小ぶりに結い、垢抜けない着物を着ているのだ。いつも伸びている腰は曲がり、足を開いて立っている。衿だって抜けていないから、どこから見ても野暮ったいばあさんである。

こんな姿を知り合いに見られたら、東花円の名折れだろうに。いや、正体がばれない自信があるから、こんな恰好ができるのか。

自分の目が信じられなくて、才は二度見三度見してしまう。すると、師匠に睨まれた。

「そうじろじろ見なさんな。あたしだって、好きでこんな恰好をしているわけじゃないんだからね」

芹と二人の下見なら、ここまで念入りに見た目を変えずにすんだだろう。自分のせいかと思い至り、才はすぐに反省した。

「お師匠さん、すみません」

「まあ、いい。弟子のあんたがそれだけ驚いてくれたんだ。うまく化けられたってことだろう。それじゃ、早速出かけようか」

そう言って表に出たものの、「この恰好では長く歩けない。駕籠を使う」と言い出したので、師匠と才は辻駕籠を使い、芹だけが歩くことになった。

花見の名所の飛鳥山は、紅葉の名所としても知られている。

もっとも、山とは名ばかりの丘のような場所である。師匠と才は適当なところで駕籠を降りると、三人揃って色づく前の飛鳥山を歩き出した。すでに九ツ（正午）は過ぎていたが、ひと休みしている暇はない。

今年の夏は雨が多く、涼しくなるのも早かった。江戸の北に位置するこの辺りは木々の色づきも早いかと思ったけれど、まださほどでもないようだ。きっと、「仇討の場」を披露するときには見ごろになっているだろう。緑の目立つ木々を見上げていたら、不意に師匠の声がした。

「無理やりついてきたくせに、上ばっかり見てんじゃないよ。あんたが気にすべきは、足元のほうだろう」

「は、はい、すみません」

才は慌てて足元を見て、さらに周囲を見渡した。

風光明媚な飛鳥山は、日帰りできる遊山場として江戸っ子に人気がある。紅葉にはまだ早いけれど、人影はそこかしこに見える。中には若い娘もいた。

まだ九月になっていないもの。少女カゲキ団が現れるのを待っているわけじゃないわよね。

内心ドキリとしながら、才は地べたに目を落とす。そのままどんどん歩いていき、三月に芝居をした桜並木のそばに来た。

冬になれば葉が落ちる桜の木も、いまはまだ緑の葉で覆われている。才は「再会の場」を演じたときの花吹雪を思い出した。

あれからまだ半年も経っていないのに……何だか、大昔のことのようね。あのときは一度限りのつもりだったっけ。

　人前で男の芝居をする――それは親の言いなりに生きてきた才にとって、初めての反抗だった。それが思いがけずどんどん大事になってしまい、怖気づいたことは何度もある。それでも、いまは後悔していなかった。

　世間知らずと言われるあたしたちでも、世の中に認められたんだもの。あとは「仇討の場」をしっかり演じるだけね。

　そのためには周囲を紅葉に囲まれた、平らな場所が好ましい。だが、地べたはデコボコしているし、木の根で盛り上がっているところもある。

　石やゴミは少ないけれど、やはりすり足は難しそうだ。才が顔をしかめたとき、師匠が「妙だね」と呟いた。

「春と比べて、やけに地べたがきれいじゃないか。才花、お芹、あんたたちもそう思わないかい」

　言われてみれば、前は桜の花びらはもちろんのこと、団子の串や犬の糞、ひびの入った徳利まで転がっていた。この時期は枯れ葉が落ちていそうなものなのに、そういうものが一切ない。

　才は首をかしげたが、芹は「人が少ないからでしょう」と気にしなかった。

「前は花見客で混み合っていたから、あちこちに食べ散らかしたゴミが転がっていたんです。いまは人が少ないから、ゴミも少ないんですよ」

「食い散らかしはそうだろうけど、犬の糞や石くれが見当たらないのはどういうことさ。そっちは人出に関わらないよ」

冷静に返されて、芹がハッとしたように目を見開く。才も改めて周囲を見渡し、師匠の言葉にうなずいた。

きっと、誰かが片づけてくれたのだ。

あたしもお芹さんも今度の芝居では地べたに倒れ伏す。石や犬の糞がないのはすごくありがたいけれど……誰が片づけてくれたのかしら。

寺社の境内と違い、この一帯を掃除する下男なんていないだろう。師匠が「他のところも見てみよう」と歩き出したとき、背後から「ちょっと」と呼び止められた。

「あんたも少女カゲキ団の贔屓なんでしょう。ここはいいから、他のところの掃除をしなさいよ」

「そうよ、そうよ」

振り返った才は、初対面の娘二人からいきなり掃除を命じられた。

どうして、あたしが少女カゲキ団の贔屓だと思われたの？　それに掃除をしろってどういうことよ。

大野屋の娘に生まれた才は掃除なんてしたことがない。知らず間抜け面になっていたら、芹が横から問い返した。

「あの、それはどういうことですか」

「少女カゲキ団が最初に芝居をした場所でぼんやり立っているってことは、あんたたちもあたしたちと同じでしょう。だったら、九月の芝居に備えて、飛鳥山をきれいにしろって言っているの」

その娘によれば、いま少女カゲキ団の贔屓は「飛鳥山をきれいにしよう」を合言葉に一帯の掃除をしているそうだ。

「考えてもみてちょうだい。竜太郎や官兵衛様の足元に食べ終わった弁当の折箱やら犬の糞が転がっていたら、とんだ艶消しになっちゃうじゃない。だから、あたしたちがあらかじめ、きれいにしておこうというわけよ」

「で、でも、少女カゲキ団が芝居をするのは九月じゃなかったかしら。何もいまから掃除をしなくたって……」

才がおずおずと言い返せば、娘は不愉快そうに眉を上げた。

「少女カゲキ団は九月のいつ芝居をするか、わからないのよ。場所だって飛鳥山のどこでやるかわからないから、みなで手分けして山中をきれいにすることになったんじゃない」

鼻息荒く言い返されて、才は今度こそ二の句が継げなくなった。少女カゲキ団の錦(にしき)絵(え)がいまも売れているのは知っていたが、まさか飛鳥山の掃除までしてくれているとは思わなかった。

「あんたはお金持ちのお嬢さんらしいけど、少女カゲキ団の贔屓を名乗るなら、せめて石の二つ三つ拾って帰りなさいよ。ここはきれいになっているけど、そうでない場所もあるんだから」

「そうよ、供の女中もいるし、それくらいできるでしょう」

目の前の二人は三度目の掃除に来たと胸を張る。才は返す言葉に迷っていた。

少女カゲキ団の贔屓とは、できればあまり近づきたくない。けれども、自分たちのために掃除していると言われたら、知らん顔もできないだろう。才がうなずきかけたとき、芹の陰にいた師匠が前に出た。

「黙って聞いていれば、見ず知らずの娘が失礼なっ。うちのお嬢さんに石を拾えだなんて、何様のつもりだい」

才のばあやという役どころに合わせ、ここぞと声を荒らげる。娘たちは師匠の剣幕に怯えたようで、あたふたと逃げていった。

「何をのんびり話してんだい。いまの二人にあんたやお芹の正体を気付かれたらどうすんのさ」

それは才もわかっていたが、自分たちの贔屓だからこそ邪険にはできない。才と芹は師匠に謝り、再び周囲を見ながら歩き出す。すると、あちこちでゴミを拾っている娘たちの姿を見かけた。

少女カゲキ団の贔屓は面白がって騒いでいるだけだと思っていたのに。本気であたしたちのことを応援してくれているのね。

その恩に報いるためにも、「仇討の場」を成功させたい。才がこっそりこぶしを握ったとき、師匠が小さく独り言ちた。

「前は桜の下でやったから、今度は紅葉のきれいなところがいいかねぇ」

「それよりも、広さのあるところじゃないと困ります。『仇討の場』は長いから、後から人が集まってくるはずです」

断固とした芹の声に、師匠も「そうだねぇ」とうなずいている。才が「そんなことより、地べたが平らなことのほうが大切です」と言おうとしたとき、見覚えのある人物に気が付いた。

「ねえ、あれってお雪さんじゃないかしら」

雪だるまのような娘を指さし、才は芹に耳打ちする。芹もすぐにうなずいた。

「今日もお俊さんと一緒なんだね」

大柄な雪の陰で見えなかったが、小柄な娘がそばにいて何かを拾っているようだ。

二人も少女カゲキ団の贔屓として、飛鳥山の掃除に来たらしい。

寺島村に住む百姓娘の俊と、横山町の小間物屋、鈴村の娘の雪。

二人は両国の茶店で働く芹を見て、「遠野官兵衛を演じた娘だ」とひと目で気付いた人たちだ。しかも、女を見下す俊の祖父を改心させるため、次の芝居の日時を教えることになっていた。

すでに正体がばれているのだから、ここは声をかけるべきか。それとも、知らん顔で通り過ぎるべきだろうか。

才が躊躇している間に、芹は俊に駆け寄って声をかけた。

「お俊さん、精が出るね」

「え、嘘でしょう。どうして、お芹さんたちがここに……」

「九月の芝居に備えて下見に来たんだよ。お俊さんたちも飛鳥山の掃除してくれているなんて思わなかった。どうも、ありがとう」

芹はさっき会った娘たちにも礼を言いたかったに違いない。

一方、憧れの遠野官兵衛に礼を言われて、俊は日焼けした顔を真っ赤に染める。隣の雪はもじもじしながら、上目遣いに芹を見た。

「飛鳥山の掃除を最初に始めたのは、お俊ちゃんなんですよ」

祖父に少女カゲキ団の芝居を見せたい一心で、俊と雪は半ば脅すようにして芝居の日時を教えてもらう約束をした。俊はそのことを後ろめたく思っていたようで、ひとりで飛鳥山に通ってはゴミ拾いを始めたそうだ。

驚いた目で俊を見れば、照れくさそうに土のついた指で鼻をかく。

「無理なお願いを聞いてもらったから、少しでも恩返しがしたいと思って……それを知ったお雪ちゃんも手伝ってくれるようになって、いつの間にか通りすがりの娘たちまで掃除をしてくれるようになったんです」

小柄な俊と違い、身体の大きい雪は目立つ。

結果、掃除の手伝いはどんどん増えていき、いまでは飛鳥山の掃除に行かないと、少女カゲキ団の贔屓は名乗れないらしい。

「江戸の娘たちはみな少女カゲキ団を応援しているんです。ところで、九月の芝居はいつやるか決まりましたか」

目をキラキラさせながら、俊が芹に尋ねる。代わって師匠が返事をした。

「あいにく、まだ日取りは決まっていないんだよ。ところで、あちこち掃除をしているなら、飛鳥山のことは詳しくなっただろう。次の芝居は紅葉（もみじ）の木があって、広く平らな場所がいいんだがね。どこかお勧めの場所はないかい」

「だったら、この先がいいですよ」

俊に案内された場所は、師匠が望んだ通りの場所だった。

すり足は少々厳しいけれど、少女カゲキ団の贔屓が掃除までしてくれたのだ。その期待に応（こた）えるべく、こっちも頑張るしかないだろう。

才は芹と目を合わせ、揃ってうなずく。とたんに俊は笑みを浮かべたが、隣の雪はどこか不安そうな顔をしていた。

五

母と二人で暮らしている間、芹は常に忙しかった。

まず、暁（あかつき）七ツ（午前四時）に出かける母を夢うつつで見送って、再び寝床に潜（もぐ）り込む。明け六ツ（午前六時）の鐘で着物を着換え、顔を洗って朝餉と掃除、時には洗濯もすませてから、西両国のまめやに駆けていく。それから立ちっぱなしで働いて、暮れ六ツの鐘を合図に長屋へ帰る毎日だった。

母が疲れて寝ているときは、それから夕餉の支度をする。後片づけは面倒くさいが、やらないと明日が大変だ。

寝る前に絞った手ぬぐいで身体を拭き、寝巻に着替える。江戸っ子は風呂好きだと言われるが、貧乏人はその限りではない。芹は湯屋に行くための金よりも、暇のほうが惜しかった。

最後にもう一度火の元と心張り棒を確かめて、ようやく寝床に横たわる。この一日の締めくくりが、芹はたまらなく好きだった。

だが、幸せな気分は束の間で、あっという間に朝が来る。そんな忙しない日々を送っていたので、眠りを恐れるようになるなんてそれこそ夢にも思わなかった。

眠れないとか、眠りたくないなんて、金持ちか年寄りの贅沢な悩みだとばかり思っていたのに……我が身に起こるとつらいもんだね。

静まり返った東花円の稽古所の中、芹は冷や汗と共に目を覚ます。あれほど好きだった二度寝をする気にもなれなくて、息をひそめて身を起こした。

すり鉢長屋にいたときは、家の中から外の様子がよくわかった。障子の破れや薄い壁越しに、外の明るさや物音が否応なしに伝わってくる。

しかし、師匠の稽古所は造りがしっかりしているし、夜は必ず雨戸を閉める。そろそろ日の出かと雨戸を開けてみたけれど、表はまだ闇の中だった。

もっと秋が深まれば、夜明けはさらに遅くなる。開けた雨戸の隙間から肌寒い風が吹き込んで、芹は思わず身震いした。

いま寝泊まりをさせてもらっている部屋は、稽古場のすぐ脇にある。外の闇に目を凝らせば、庭先の生垣がより暗い影を作っていた。

ずっと長いこと、あの生垣の隙間から踊る師匠を見つめていた。その姿を目に焼き付けて、ひとりで踊りの稽古をした。当時の自分にいまの暮らしを教えれば、きっとうらやまれるだろう。

でも、おとっつぁんが死に、おっかさんに恨まれることと引き換えだと教えたら……それでも、本当にうらやむかしら。

自分の気持ちにもかかわらず、芹には見当がつかなかった。

師匠の前で踊っているお嬢さんたちが妬ましくて、隠れて見ているだけの我が身が心の底から情けなくて……。あの頃の自分なら、ろくでなしの父の死と引き換えに師匠の稽古を望むだろう。

ただし、そのせいで母に恨まれるなら話は別だ。

六つで父に捨てられたときから、母はただひとりの身内だった。自分が役者を目指したのは、役者の父をほめちぎる母のためでもあったのに――やるせない思いで目を伏せれば、時の鐘が鳴り始めた。

捨て鐘の後に、時を告げる鐘が七つ。

いつも寝ぼけ眼で母を見送った暁七ツになったらしい。

母と暮らしていたときは眠くて仕方がなかったのに、起きる必要がなくなってから、その時刻に目覚めてしまうなんて皮肉なものだ。

師匠のところで居候を始めて、今日で十日。まめやの仕事もなくなって、芹はいままでになく暇な毎日を過ごしていた。

できれば、一日中踊りの稽古をしていたいけど……居候の分際で、もっと稽古をしたいなんて図々しいことは言えないわね。

せめて女中代わりに働きたくとも、師匠のところの通い女中の仕事を奪うわけにはいかない。勢い自分にできることは、稽古所の周りの掃き掃除や朝餉の支度、他は師匠に頼まれて茶を淹れるくらいである。

おっかさんはいまごろどうしているだろう。まめやのおかみさんに迷惑をかけていなければいいけれど……。

通夜の晩に罵られたのを最後に、母の顔は見ていない。その代わり、十八日の晩から三日続けて母が夢に顔を出した。今朝も母の夢を見て、芹は目が覚めたのだ。

――あんたなんか産むんじゃなかった。

――あの人の代わりに、あんたが殺されればよかったのに。

――あんたを殺して、あの人の仇を取ってやるっ。

夢の中の母は鬼のような形相で芹に摑みかかろうとする。芹はその都度、恐怖のあまり飛び起きていた。

眉間と鼻に深いしわを寄せ、目じりの吊り上がった禍々しい顔――通夜の晩に見た母の表情はさながら山姥のようだった。夢の中に出てくる母は、決まってあのときと同じ顔をしている。

そして、母を連れ帰ってくれた登美の顔も見ていない。

先日、芹が「当分、お師匠さんのところで厄介になる」と差配に知らせに行ったところ、母の様子を教えられた。登美から聞いた話だと、「まだ言動が危なっかしくて、目を離せない」そうだ。

――お芹ちゃんも心配だろうが、お登美さんに任せておけば大丈夫だ。お登美さんにいいと言われるまで、おっかさんには近づいちゃいけないよ。

別れ際、差配に念を押されたけれど、もとより自ら近づく気はない。母のことは気になる反面、顔を見るのが怖かった。

また容赦なく罵られても、自分はきっと言い返せない。夢の中の自分のように泣きながら謝るか、黙って立ち尽くすことしかできないだろう。

少女カゲキ団の仲間もみなやる気になってくれたのに……反対するおっかさんの夢を見てうなされるなんて、あたしは覚悟が足らないね。これじゃ、おとっつぁんをとやかく言えないよ。

男に生まれながら役者を辞めてしまった父を、芹は不甲斐なく思っていた。

自分が男に生まれていたら、どんな嫌がらせをされたって負けやしない。何が何でも役者を続けて、成り上がってみせたのにと。

ところが、仲間と気持ちがひとつになり、芝居や踊りに専念できるようになってみれば、今度は母のことが頭から離れない。芹は大きく息を吐き、夜明け前の空をぼんやり見上げた。

前はどれほど疲れていても、一晩寝れば元気になった。

だが、母の夢を見るようになり、身体よりも心が重い。ただ寝ているだけなのにやたらと汗をかくようで、寝起きはいつも寝巻が肌に貼(は)りついていた。

この夢はいつまで続くのか。

母のことを考えるたび、心に暗雲が立ち込める。

自分がいくら悩んだところで、母の気持ちは変えられない。日にち薬で落ち着くまで、登美に任せるしかないだろう。

芹は迷いを振り切るべく、着替えてから稽古場に足を踏み入れた。こういうときは無心になって身体を動かしたほうがいい。

静かに雨戸を開け放ち、朝一番の空気を入れる。そして、暗い稽古場で「仇討の踊り」を踊り出した。

時は至れり　長月の紅葉舞い散る飛鳥山
思い乱るる胸の内　知られまいぞエ　今生(こんじょう)は
親の仇と憎まれながら消すに消されぬこの思い
次に生まれてくるときは共に蓮(はちす)の露(つゆ)となり

風に吹かれて消え失せようぞ
さりとてはく

耳の奥から師匠が奏でる「道行」の三味線が聞こえてくる。

芹は習った通りに背筋を伸ばし、すり足で三歩後ろに下がる。顔の横まで上げた両手の指を小刻みに動かしながらぐるりと回る。

次は左手を胸に当てて首を二度横に振り、斬りかかってくる竜太郎と中間を順に避ける。

ただこれだけの動きでも、指の形に顔の向き、足の開き方に膝の曲げ具合まで、師匠に細かく教えられた。芹の頭にはそれらがすべて刻まれている。

――刀を持った相手に斬りかかられているんだよ。紙一重で避けるにしたって、腰が高くちゃおかしいだろう。

――それは腰を落としているんじゃない。へっぴり腰って言うんだよ。

――官兵衛は竜太郎に「消え失せようぞ」と心の中で誘っているんだ。誘う相手を見ないでどうすんのさ。

――いまは仇討の最中だよ。口説いているんじゃないからね。

師匠の教えを頭の中で反芻しながら、稽古場が空いている限りひとりでも踊り続けた。長年生垣の隙間から他人の稽古を盗み見てきた身の上だ。自分に向かって言われたことを徒や疎かにするものか。

何度も同じ動きを繰り返し、あるべき形を覚え込む。その甲斐あっていまはいちいち気を付けなくとも、身体が正しく動くようになってきた。そろそろ官兵衛の気持ちになって踊ってみるべきだろう。

芹は芝居をするとき、常に役になり切って台詞や所作を覚えてきた。

この踊りは逆に振り付けから入ったが、役の気持ちになり切るなんて造作もないことである。特に遠野官兵衛は半年以上も稽古をしている。芹はそっと目を閉じて、官兵衛のことを考えた。

進んで乱心者の汚名を着て、裏切り者の水上竜之進を成敗した。あとは竜太郎に討たれれば、自分の目論見は達成される。

高山には愚かなことをするなと止められたが、すべては竜太郎の幸せのため。思う相手の手にかかって死ねるのならば本望だ。

拙者は遠野官兵衛。忍恋にすべてを捧げた愚か者――と思ったところで、不意に母の顔が頭に浮かんだ。

いまにして思えば、母もまた忍恋をしていたのだろう。報われないとわかっていながら、ひとりで父の子を産んだ。

いっそ、それを境に縁を切れれば、別の生き方ができたはずだ。なまじ生まれた子に芝居の才があったせいで父と暮らすことになり、思いを断ち切れなくなったのだろう。

忍恋、道ならぬ恋が美しいのは、芝居や戯作（げさく）の中だけだ。

この世における忍恋の末路は、いつだって悲惨なものである。

八百屋（やおや）お七（しち）は江戸中を火の海にして多くの人を焼き殺し、自らも火あぶりになった。「京鹿子娘道成寺」の元となった安珍清姫（あんちんきよひめ）だって、僧の安珍に裏切られたと思った清姫が大蛇に変じて憎い男を取り殺した。

女はひとたび恋に狂うと、何を仕出かすかわからない。ため息混じりに思ったとき、母の声が聞こえてきた。

――川崎万之丞は誰よりもいい役者だったのさ。本当なら、いまごろは名題役者になっていたんだから。

――お芹は芝居がうまいねぇ。さすがは川崎万之丞の娘だよ。

――おとっつぁんの勘平はそりゃあ素敵だった。あたしはひと目で夢中になっちまったのさ。

続けて思い出したのは、夢の中とは打って変わって笑みを浮かべる母の顔だ。なぜ、いまそんなことを思い出すのかと、芹は混乱してしまう。

——ごめんよ、男に産んであげられなくて。

——眠いなら、あたしに付き合って起きなくたっていいんだよ。

——血のつながったおとっつぁんを悪く言うもんじゃない。

かつての言葉の数々が次から次に浮かんでくる。今朝目が覚めたときは、夜叉のような母の顔しか思い出せなかったのに。

あたしは官兵衛になったつもりで踊りの稽古をするところなの。おっかさんのことなんて考えている場合じゃないんだから。

自分自身を叱っても、心は母から離れない。登美に連れていかれるまで、ずっと母と一緒だったのだ。

母の行商についていき、迷子になってしまったこと、有り金すべて父に渡され、喧嘩になったこともある。

芹が熱を出したときは、一睡もしないで看病してくれた。母は裁縫が下手くそで、芹の着物の縫い目を見て、登美が隠れて笑っていた——そんなどうでもいいことまで思い出し、芹は頭を抱えてしまう。

毎晩夢に現れて、罵るだけじゃ足りないの？

おとっつぁんを死なせたあたしが芝居をするのは許せないの？

自分は死んだ父のためにも、立派に演じたかったのに。これでは役になり切れないと、目の前が真っ暗になったときだった。

「夜明け前から、何をこそこそしてんのさ」

言葉と共に襖が開き、寝巻に半纏を羽織った師匠が渋い顔で立っていた。芹は慌てて姿勢を正す。

「すみません。うるさかったでしょうか」

「ふん、あたしの耳はまだ達者だよ」

師匠は不機嫌に言い放ち、板の間に正座した芹を見下ろす。そして、仕方ないとばかりに嘆息した。

「もう目が覚めちまったし、朝飯前に稽古を見てやろう。ただし、三味線はなしだからね」

夜明け前に三味線を弾けば、隣近所から文句が出る。師匠は稽古場の奥まで進み、開け放った戸の前に正座した。

「ほら、さっさと踊ってごらん」

顎をしゃくって促され、芹は身を硬くした。

たったいま、官兵衛になり切れないと絶望したばかりである。まともに踊れるとは思えないが、命じられれば踊るしかない。芹は覚悟を決めて踊り出したが、すぐに師匠に怒られた。

「何だい、その腑抜けた踊りは。それじゃ、飛鳥山まで官兵衛を見に来た娘たちががっかりするよ」

それくらい言われなくともわかっている。芹は自分が情けなくて、板の間に膝をついてしまった。

「踊りは心と動きがひとつになってこそ、見る人の胸を打つんだよ。いまのあんたは心と動きがバラバラじゃないか」

容赦ない言葉とは裏腹に、自分を見る師匠の目は心配そうに揺れている。芹は苦しい胸の内を吐き出した。

夢の中に鬼のような母が現れて、自分を責め苛むこと。

官兵衛になり切って踊りたくとも、母のことが気になって集中できないこと。

「いままではどんな役でも容易くなり切れたのに……お師匠さん、あたしはどうしたらいいんでしょう」

途方に暮れてうなだれれば、ややして師匠が口を開いた。

「あんたは母親に嫌われるのが怖いんだね。だから、自ら官兵衛を演じないようにしているのさ」

ぐうの音も出ないとは、こういうことを言うのだろう。身に覚えのある芹は息を呑むことしかできなかった。

「お芹の歳（とし）を考えれば、無理もない話だ。子供ってのは親の機嫌を取るものだからね。だが、そこのところを吹っ切らないと、芝居も踊りもモノにはならない。あんたはそれでもいいのかい」

もちろん、いいわけがない。

だが、どうすればいいか、わからない。縋るような目を向ければ、師匠がおもむろに腕を組む。

「あんたはここにいない母親の影に怯（おび）えている。それを乗り越える方法はひとつしかないだろうね」

「……それは何ですか」

「決まっているじゃないか。母親の前で芝居をするのさ。本物の前でちゃんと演じることができれば、勝手な思い込みで怯えることもなくなるだろう」

事も無げに言い放たれて、芹の顎がだらりと下がる。まさか、そんなことを言われるとは思わなかった。

「どうせ、あんたの母親には正体がばれているんだもの。この際、飛鳥山まで見に来てもらえばいい」

「お師匠さん、無理を言わないでくださいな。そんなことをしたら、おっかさんが何をするかわかりませんよ」

通夜の晩に怒りをむき出しにした母のことだ。芹憎し、少女カゲキ団憎しで、芝居の邪魔をしかねない。他の仲間の手前もあるし、最後の芝居を台無しにする危険を冒すのは嫌だった。

「それにおっかさんが見ていると思ったら、あたしはなおさら役になり切ることはできません」

たとえ母が邪魔しなくても、芹のほうが怯えてしまう。身震いして嫌がると、師匠が眉をひそめて鼻を鳴らした。

「だったら、役者はあきらめるんだね」

「えっ」

「踊りも芝居も大勢の前でする芸だ。客の中に誰がいようと、常に最高の芝居をするのが役者じゃないか。どれほど才があったって客を選んでいるようじゃ、ろくな役者になれやしない。あたしはあんたを買いかぶっていたようだ」

師匠の言葉を聞いた瞬間、芹の顔から血の気が引いた。

確かに、師匠の言う通りだ。

芝居を見に来る客は贔屓ばかりとは限らない。下手な芝居を見せたら最後、容赦なくヤジを飛ばす客もいる。

そういう連中を芸の力で黙らせて、逆に感動させてこそ、一人前と言えるのだ。

「おっかさんが気になって芝居ができない」なんて弱音を吐いている場合じゃないと、芹はようやく思い至った。

お師匠さんがあたしをここに置いてくれるのは、あたしを見込んでくれたから。モノにならぬと見放されたら、追い出されるに決まっているじゃないか。

芹は己の甘さに気が付いて、丸まっていた背筋を伸ばした。

「お師匠さん、すみません。もう一度、踊っていいですか」

「さっきのような腑抜けた踊りを見せられるのなら、ごめんだよ」

手厳しい言葉を返されて、芹は一瞬躊躇（ちゅうちょ）する。

だが、ここで愛想を尽かされるわけにはいかない。勇気を奮ってうなずくと、師匠は「やってごらん」と顎をしゃくった。

芹が立ち上がって構えると、頭の中で三味線が鳴る。

足を踏み出そうとすると、またもや母の顔が頭に浮かぶ。だが、芹は呼吸ひとつで動揺を抑え込んだ。

去年の暮れに白拍子を踊ったときは、役になり切ることで踊りの拙さをごまかした。いまは「仇討の踊り」をちゃんと踊れる。たとえ役になり切れなくとも、踊りに集中すればいい。肝心なのは、生身の自分を無様にさらけ出さないことだ。

どんなに安い料理屋だって、泥のついた大根をそのまま客に出したりしない。役者はどんな事情があろうと、客の前ではきれいに演じなくっちゃ。

芹は師匠に言われたことを噛みしめながら、最後まで踊り通した。

「ふん、さっきよりはましだったね。形は悪くなかったよ」

どうにか及第だったらしいと、芹はこっそり息を吐く。内心冷や汗を拭っていると、

「ただし」と師匠が続けた。

「義太夫の文句と表情がちっとも合っていないじゃないか。最初から最後まで能面みたいな顔で踊るんじゃないよ」

「……はい、もう一度お願いします」

芹は師匠に頭を下げて、再び最初から踊り出した。

たとえどんな悩みを抱えていようと、見物客には関係ない。少しでも上達するために、やれることをしなくては。

舞台の川崎万之丞に惚れ込んだおっかさんだもの。あたしがおとっつぁんをしのぐ芝居をすれば、嫌でも納得してくれるわ。

芹はそう信じて踊り続け、気が付けば外は明るくなっていた。


世の中は案外、捨てたものじゃない。

飛鳥山に下見に行った帰り道、芹はつくづくそう思った。

父の死をきっかけに母から恨まれたときは、何の希望も見えなかった。

だが、師匠や少女カゲキ団の仲間に支えられ、何とか九月の芝居を成功させようと思っていたら、俊や雪も陰ながら力を貸してくれていた。

――踊りも芝居も大勢の前でする芸だ。客の中に誰がいようと、常に最高の芝居をするのが役者じゃないか。

飛鳥山をきれいにしてくれる娘たちのことを知ってから、師匠に言われた言葉の意味が改めて身に沁みた。

芝居をするのは役者だが、役者だけでは意味がない。

芝居を見てくれる客がいてこそ、芝居をする意味がある。

そして、少女カゲキ団にはその芝居を待ち望み、応援してくれる贔屓がいる。

二日前の飛鳥山でそのことを実感したら、母に追いかけられる夢を見なくなった。

自分で思っていたよりもはるかに多くの味方がいると知り、不安が軽減されたのだろう。我ながら現金なものである。

とはいえ、母のことが気にならないわけではない。

おとっつぁんが殺されて明日で二十日になるけれど、まめやのおかみさんからは音沙汰がない。つまり、おっかさんはいまも変わりがないのね。

登美には「まめやに来るな」と言われているので、こちらから様子を聞きに行くことはできない。いっそ、差配に頼んで母の様子を見に行ってもらおうか。

芹がそんなことを考えながら縁側の拭き掃除をしていると、思いがけない人物が稽古所を訪れた。

「お芹さん、急に押しかけてごめんなさい」

女中の案内で庭先に回ってきた雪は、雑巾がけをしている芹に頭を下げる。芹は慌て立ち上がった。

「あたしは構わないけれど、どうしてここにいるとわかったの」

雪とは飛鳥山で顔を合わせたが、師匠のところにいるとは告げていない。怪訝な思いで眉を寄せれば、雪は大きな身体を縮めて「まめやで教えてもらいました」と白状した。

「今日まめやに行ったら、お芹さんがいなくって……大事な話があると言って、おかみさんに教えてもらったんです」

大きな身体とは反対に、答える雪の声がどんどん小さくなっていく。

色白で身体の大きい雪は目立つ。俊と共に客に絡まれた芹を助け、その後も芹を訪ねてきたことを登美は覚えていたのだろう。芹の居所を教えても差し支えないと思ったようだ。

そして、雪の大事な話と言えば、ひとつしかない。芹は下駄を履いて雪に近寄り、声を潜めて耳打ちした。

「それって今度の芝居のことかしら」

「はい。人目につかないところで話をさせてください」

答える雪の表情は真剣だ。

芹は顎を引いてから、さてどうしようと考えた。

いまは師匠が他の弟子の稽古をしている。自分が寝泊まりしている部屋は稽古場のすぐ脇だから、内緒話はできないだろう。

だが、才たちとよく行く茶店は、まめやのような筵（むしろ）がけの店ではない。人目を気にせず話をすることができるけれど、お茶一杯の値も高い。恥を忍んで己の懐具合を打ち明ければ、雪が「大丈夫です」と胸を叩いた。

「茶店代はあたしが出します。そこに連れていってくださいな」

さすがは若い娘に人気の小間物屋、鈴村の娘である。芹は遠慮なくその言葉に甘えることにした。

「それで、話って何でしょう」

初音の二階に落ち着くなり、前置きなしで芹が尋ねる。お神酒徳利（みきどっくり）の片割れ、俊を連れずに来るなんて急ぎの用に違いない。

背筋を伸ばして返事を待つも、雪は口を開かなかった。話があって来たはずなのに、急にどうしたのだろう。

お俊さんと違って口が重いことは知っているけど、今日はひとりしかいないんだもの。黙っていたんじゃわからないわ。

芹がしびれを切らす寸前、雪がようやく口火を切った。

「少女カゲキ団は、八丁堀に目をつけられています」

八丁堀とは言わずと知れた、町奉行所の役人のことだ。芹は一瞬耳を疑い、目の前にある白くて丸い顔を見返した。

「お雪さん、それは本当なの？」

そんな噂があるのなら、早耳の仁も聞きつけて大騒ぎしているだろう。芹だって少し前までは人と噂の集まる広小路にいたけれど、そんな話は聞いていない。

にもかかわらず、どうして小間物屋の娘が町方の動きを知っているのか。

不審もあらわに問い返せば、雪は自分が知った事情を話し出した。

横山町の鈴村には若い娘が集まってくる。それを目当てに店の近くで待ち伏せて、ちょっかいを出す男もいるとか。

「お金持ちのお嬢さんはひとりで買い物に出かけません。でも、うちに来る娘たちはお供なんて連れていませんから、声をかけやすいんでしょう。男に声をかけられて、まんざらでもない娘もいますし」

鈴村の客には、男に声をかけられたことを自慢する娘も少なくない。ゆえに、雪の父親は店の周りをうろつく男たちの扱いに頭を悩ましてきたそうだ。

店の近くで間違いがあっては、鈴村の評判にかかわる。

しかし、若い男たちを追い払うと、かえって娘たちの不満を招き、足が遠のきそうである。そこで横山町を縄張りとする十手持ちの親分に頼み、ひそかに目を光らせてもらっているという。

「お上の手先がうろついていると知られたら、娘たちも警戒して店に近寄らなくなります。嫌がる娘に無理強いをするような男がいたときだけ、通りすがりを装って助けてもらっていたんです」

ところが、五日くらい前から、娘を口説く代わりに少女カゲキ団のことを聞いて回る男が現れた。

初めは娘を口説くきっかけにしているのだろうと思っていたが、店の客の口ぶりだと、どうも様子が違うらしい。人づてに話を聞いて、雪はだんだん不安になった。

いまのところは何もないが、もし少女カゲキ団の贔屓を捕まえて、「遠野官兵衛に会わせてやる」と言い出したら？

見ず知らずの男の言うことでもうっかり鵜呑みにしてしまい、ついていくのではないか。雪だって芹たちと知り合いでなかったら、騙されない自信はない。

そこで、父に懸念を伝えたところ、少女カゲキ団について聞き回っているのは親分の手下だと言われたそうだ。

「おとっつぁんはあらかじめ、親分さんから耳打ちされていたそうです。お上の指図で少女カゲキ団のことを調べている。ただし、これは内々のお調べだから、決して口外するなって」

雪もその場で父に口止めをされてしまい、「外で少女カゲキ団の話をするな」と言われたとか。芹はにわかに頭が痛くなり、右の中指でこめかみを押した。

「……十手持ちの手下は何を聞いていたんです」

「店の客の話だと、『少女カゲキ団が好きか』とか、『九月になったら、飛鳥山に行くか』とか。ああ、『少女カゲキ団の錦絵を持っているか』ってのもありました」

そんなことを聞き出して、お上は何をしたいのだろう。相手の狙いがわからなくて、芹はいよいよ混乱した。

女歌舞伎（おんなかぶき）はご法度とはいえ、少女カゲキ団は小娘の素人芝居である。錦絵は売り出したけれど、人に芝居を見せて銭を取ったわけではない。どれほど評判になったところで、町方が乗り出してくるとは思わなかった。こんなことが才の耳に入ったら、九月の芝居はやらないと言い出すだろう。

せっかくうまくいっていたのに、こんなことになるなんて。あたしたちは誰にも迷惑なんてかけていないでしょう。

男なら何の問題もないのに、女は人前で素人芝居を披露することも許されないのか。芹が奥歯を嚙みしめれば、雪が「ごめんなさい」と頭を下げた。

「八丁堀に狙われていると言っておいて、こんなことを言うのは身勝手だとわかっています。でも、どうか九月の芝居はやめないでください。この通りお願いしますっ」

目の前で大きな身体を折りたたまれて、芹は呆気にとられてしまう。返事をすることができずにいると、雪が勢いよく頭を上げた。

「あたしたちは少女カゲキ団の錦絵が売り出されてから、ずっと楽しみにしていたんです。春に芝居を見た子はもちろんのこと、瓦版や錦絵で少女カゲキ団を知った子たちはようやく生の姿が見られると、一日千秋の思いで待っていました。お俊ちゃんだってそのために飛鳥山の掃除を始めたんです。どうか芝居をしてください」

色白の顔を真っ赤に染めて、雪が思いを口にする。その言葉に嘘はないと思ったから、芹は首をかしげてしまった。

「少女カゲキ団に芝居をさせたいなら、あたしに余計なことを言わなければよかったでしょう。どうして教えてくれたのよ」

いっそ黙っていてくれれば、あたしだって悩まなくてすんだのだ。ひたすら稽古に打ち込んで、披露の日を心待ちにできたのに。

恨みがましく見つめれば、相手は力なくうなだれた。

「あたしもうんと悩みました。お俊ちゃんのことを考えて、黙っていようかとも思ったんです」

俊は女を見下す祖父に考え直してもらうため、少女カゲキ団の芝居を見せるつもりでいる。芝居が演じられなくなれば、どれほど落胆するかわからない。雪だってひと目見たときから、少女カゲキ団に憧れてきた。

小間物屋の娘でありながら、かわいらしい店の商品が似合わない。そんな自分が昔から嫌いだったそうだ。

「女は細くて小さいほうがかわいらしい。ずっとそう思ってきました。でも、遠野官兵衛も娘が演じていたと知って、身体の大きい自分を受け入れようと思ったんです」

ずっと大柄な自分をみっともないと思っていたが、男並みの背丈で堂々と人前に立つ人もいる。自分も芹を見習って、胸を張ろうと思ったらしい。

そんな憧れの人がお縄になるかもしれないのに、見て見ぬふりはできなかった。だが、楽しみにしていた芝居が見られないのも嫌だと言われて、芹は思わず天を仰ぐ。

それで、あたしにどうしろって言うのよ。まったく厄介な話を聞いちゃったわ。

師匠にこの話をしたら、一体何と言うだろう。

予定通り芝居をやると言ってくれるだろうか。

芹は眉間にしわを寄せて——師匠に相談するのをあきらめた。才の縁談のこともあるし、「芝居はやめよう」と言い出す恐れは十分にある。その恐れがある以上、芹は師匠に打ち明けられない。

お雪さんは他人に判断を委ねたけれど、あたしはそんなことできないわ。誰が何と言おうとも、絶対に芝居をしたいもの。

もし少女カゲキ団がお縄になるなら、徳川の世が続く限り女役者が認められる望みはあるまい。「仇討の場」は芹の人生で最後の芝居になるだろう。そう思ったらなおのこと、あきらめるなんてできなかった。

少女カゲキ団が九月に芝居をすることしか、世間は知らない。飛鳥山は江戸の端だし、十手持ちも毎日待ち伏せなんてできないはずだ。

それに、師匠は「誰の前でも芝居をするのが役者だ」と言った。ならば、身の危険を顧みずに芝居をするのも役者の務めではないか。

あたしにはもう芝居しか残っていない。お師匠さんと他の仲間にも付き合ってもらいましょう。

いざというときは、自分が囮になって才たちを逃がしてみせる。だから、このことは誰にも告げないことにした。

「お雪さんもこのことは黙っていてちょうだい。他の人の耳に入ったら、九月の芝居はできなくなるよ」

「は、はい、お俊ちゃんにも言いません」

何度もうなずく雪を見ながら、芹はゆっくり息を吐いた。

幕間二　登美のおせっかい

縁というのは厄介だ。

惚れ合って夫婦になっても早々に死に別れることもあれば、子供の頃から知っているというだけで付き合いが続くこともある。

八月二十七日の晩、登美はうつむく幼馴染みの和を睨んでいた。

幼い頃は同じ長屋に住むよしみで、妹分として面倒を見てやった。

一人前になってからは互いに色恋や子育てに忙しく、疎遠になっていた時期もある。その後は二人揃って女手ひとつで子育てをする羽目になり、いつしか再び付き合いが始まった。

とはいえ、子育ても終わったいまになって、また和の世話を焼くことになるとは思わなかったが。

だから、あんな男とは早く縁を切れと言ったんだよ。あの世に逝かれちまったら、愛想尽かしも言えないじゃないか。

あえて口にしないのは、しおれている相手に遠慮しているからではない。これまでさんざん言ったからだ。

惚れた相手に死なれたつらさは、登美にだって覚えがある。それでも、和はいい歳をした大人なのだ。

いい加減正気付いていいはずなのに、いまも当たり前のように出されたものを黙って食べ、日がな一日ぼんやりしている。最初は和に同情していた澄でさえ、近頃は呆れがちだった。

お和さんはおとなしそうな見た目と違って、案外ずうずうしいからね。そういうところは、子供の頃とおんなじだよ。

もっとも、そういう和だから、芹はいま生きている。登美はやつれた和の向こうに若い頃の姿を重ねた。

――お登美ねえちゃん、聞いてちょうだい。あたし、市村座ですごい役者を見つけちゃった。川崎万之丞って言うんだけど、きっと名のある役者になるよ。

あれは死んだ亭主と所帯を持って間もない頃、頰（ほお）を真っ赤に染めた和が新居に駆け込んで来るなり、叫んだのだ。登美は驚く亭主の手前、礼儀を知らない幼馴染みを厳しく叱った覚えがある。

ところが、和は悪びれもせず「いかに市村座の川崎万之丞がいい男か」「芝居がどれほどうまいか」を熱弁して、まだ若かった登美と亭主をうんざりさせたものだった。

若い娘が二枚目役者にのぼせるのはよくあることだ。

それにどんなに熱を上げても、貧しい和は貢ぐどころか、芝居見物もままならない。じきに熱も冷めるだろうと登美は気にしていなかった。

しかし、川崎万之丞が市村座を追われたせいで、かえって二人の仲は近づいた。和は万之丞が万吉に変わっても、一途（いちず）に相手を思い続けた。他に女がいるのを承知で貢ぎ続け、とうとう一夜を共にして万吉の子を身籠（みご）ったのだ。

登美はそのことを知ったとき、迷わず「流したほうがいい」と和に告げた。

――父なし子なんて産んでどうすんのさ。あんたが苦労するのは勝手だけど、生まれてくる子が気の毒じゃないか。

すでに我が子がいた登美は、産みの苦しみや子育ての大変さを知っている。ましてや、登美は万吉と夫婦になったわけではない。惚れた相手の子が欲しい――そんな甘ったるい気持ちだけでは、母子共に不幸になるだけだ。

――無事二つ身になれるとは限らないんだよ。あんたに何かあったとき、生まれた子はどうなるんだい。

和の両親はすでに亡く、頼れる相手は登美しかいない。もし、和が産後に亡くなって赤ん坊だけが残っても、こっちは面倒を見切れない。

登美は何度も腹の子をあきらめるように諭したが、和は昔からおとなしそうな見た目に反して強かだった。「ごめんなさい」「あたしが悪いの」と盛大に泣き伏して、登美の亭主を味方につけた。

男ってのは、つくづく女の涙に弱いんだから。「せっかく授かった命を流すなんて罰当たりだ」とか、「そこまで産みたいなら、産ませてやればいい」なんて、調子のいいことを言い出してさ。挙句、手前の女房を血も涙もない鬼呼ばわりして……。思い出したら、また腹が立ってきたじゃないか。

登美は昔の怒りを呑み込んで、いまと向き合うべく口を開いた。

「お和さん、今日が何日かわかるかい。八月二十七日、明日になれば万吉が死んでちょうど二十日になるんだよ」

「……………」

「あんたはそれだけ長い間、青物売りを休んでいるんだ。あんたの馴染み客は他の棒手振りから青物を買うようになっただろう。この先、一体どうやってお飯（まんま）を食べていくつもりだい」

このところ控えていた耳に痛いことを並べてみたが、和はうんともすんとも言わない。逃げてばかりの幼馴染みに登美は眉を吊り上げた。

いまの時刻は夜五ツ過ぎ。和と二人で話すため、澄には外に行ってもらった。腹を割って話せる時間はいましかないのだ。

「あんたをうちに連れてきたのは、筋違いの恨みをぶつけられるお芹ちゃんが気の毒だったからさ。あんたの面倒を見てやるためじゃないんだよ。いい歳をして、いつまで腑（ふ）抜（ぬ）けているつもりだい」

遠慮なく本音を言えば、和がいかにも傷ついたような顔をする。

だが、その顔にほだされるような登美ではない。ずいと顎を突き出した。

「差配さんの話じゃ、お芹ちゃんはいま踊りの師匠の世話になっているそうだ。長屋をこのまま空けておくのは不用心だし、すり鉢長屋にお帰りよ」

「……急に、そんなことを言われても……」

「うちはお澄さんもいるし、あんたも肩身が狭いだろう。慣れ親しんだ我が家のほうが落ち着くんじゃないのかい」

おためごかしの言葉を吐けば、恨めしそうに睨まれた。

「あたしが死んだあの人をどれほど長く思ってきたか……お登美さんが誰より一番よく知っているじゃないか。よくもそんな情のないことを言えたもんだね」

甘ったれた相手の言い分に苦笑いが込み上げる。

それこそ言われるまでもない。幼馴染みの積年の思いを知ればこそ、万吉が死んだと聞いてから和をひとりにしなかったのだ。ちょっと目を離した隙に、後追いでもされたら大変だから。

しかし、これまでの暮らしぶりからして、その心配はなさそうだ。芹がすり鉢長屋にいないなら、自分が見張るまでもない。

明日で三月（みつき）続いた川開きも終わりを告げる。時は待ってくれないのだと、登美は和を突き放す。

「おあいにくさま。あたしは亭主が死んだときだって、弔いの翌日から働いたよ。うちの子はまだ小さかったし、あたしたちの面倒を見てくれる親切な知り合いなんて誰もいなかったしねぇ」

嫌みたらしく言い返せば、和が気まずそうに黙り込んだ。

長い付き合いの二人だが、世話を焼くのはいつだって登美のほうである。何かにつけて年上風を吹かせている手前、登美は和を頼れない。そもそも、もっと頼りになる知り合いだって大勢いる。

一方、和は困ったときだけ、遠慮なく登美に泣きついてくる。もし万吉が和と芹を捨てなければ、幼馴染みの二人の縁はとっくに切れていたかもしれない。

「本当なら、万吉の弔いだってあんたが取り仕切るべきだったんだ。それを十六の娘と差配さんに押し付けて。親として恥ずかしくないのかい」

ため息混じりに吐き捨てれば、和が口をへの字に曲げる。そして「だって」と子供のように呟いたので、登美はますます腹が立った。

「何が『だって』さ。挙句、寝ずの番をしていたお芹ちゃんを罵って。あの子を産まなきゃよかったなんて、あたしの前でよくも言えたね。人の反対を押し切って、あの子を産んだのはどこのどいつさ」

「それは……」

「万吉が死んだのは、お芹ちゃんのせいじゃない。万吉は酔っ払いに喧嘩を売って、殺されたんだよ」

「でも、喧嘩になったきっかけは少女カゲキ団だろう。お芹がそんなものに入らなければ、あの人だって勝てない喧嘩はしなかったのに」

忌々しげに言い返す顔には、通夜の晩に見せた狂気の影がある。登美はその顔を見て、ふと思い当たった。

「あんた、ひょっとして……万吉がお芹ちゃんのために喧嘩をして、死んだことが癪だったのかい」

半信半疑で口にすれば、和がこっちを睨んでからそっぽを向く。どうやら図星だったようだ。

他人のことは言えないが、和は器量がいいわけではない。万吉の周りの女たちと張り合ったりせず、一歩下がって尽くしてきた。

それなのに、血のつながった娘には激しく悋気をするなんて。登美が眉をひそめたところで、和はぶすりと吐き捨てた。

「あの人にはたくさん女がいたけれど、どれもただの金蔓だった。特別なのはお芹だけだと、最後に思い知らされたんだ。腹が立って当然じゃないか」

「そりゃ、万吉にとってお芹ちゃんは特別だろうさ。自分の夢を代わりに果たしてくれる我が子だもの」

登美はそう言って、鏡台の引き出しから遠野官兵衛の錦絵を取り出した。それを和に差し出せば、ひと目見るなり息を吞む。

「どうだい、昔の川崎万之丞によく似ているだろう。万吉はこの錦絵を三枚も懐に入れていたそうだよ。死んだ日の昼間はまめやに来たしね」

黙っていたことを教えれば、和の唇がわなないた。「どうして」と呟く声に、登美は首を左右に振る。

「向こうが何か言う前にあたしが追い返してやった。いまにして思えば、お芹ちゃんにこの錦絵のことを聞きたかったのかもしれないね」

芹がまめやにいなかったことは、言わないでおくことにした。和は熱に浮かされたような目で錦絵をじっと見つめている。

きっと、お和さんには川崎万之丞が描かれているように見えるんだろうね。さっきまでとは人が違ったようだもの。

うつろだった目は力を帯び、青白かった頰には血の気がさしている。登美はそんな幼馴染みを見つめ、ひそかに芹を憐(あわ)れんだ。

捨てた娘が錦絵になっていると知り、いきなりすり寄ってきた父。

そして、惚れた男が死んだのはおまえのせいだとなじった母は、娘の錦絵を見て亭主の面影を追っている。

万吉が死んだ直後は、和が取り乱すのも無理はないと思っていた。

だが、明日で二十日になるのに、和の心の中には死んだ万吉のことしかないらしい。

この先、和が母の自覚を取り戻すことがあるのだろうか。登美はわからなくなってきた。


九月に入ると、芹を気遣うまめやの客の声が大きくなった。

「なあ、お芹ちゃんはいつになったら戻るんだい」

「あの縦に大きい姿がねぇと、まめやに来たって気がしねぇ」

「そんなに具合が悪いのか」

「まさか、嫁に行ったんじゃねぇだろうな」

気にする客の大半は、昔からの常連客だ。

芹は十三のときから毎日まめやの店先に立っていた。普段は「大女」「生まれを間違えた」と憎まれ口ばかり叩いても、ひと月近くいないとなれば、嫌でも心配になるのだろう。登美は苦笑を浮かべて頭を振った。

「心配をかけてすみませんね。あの子は無事なんですけど、あの子のおっかさんのほうが大変でね」

こう言うと、客たちはひとまず納得した。芹は気落ちした母の世話に追われ、働けないのだと思ったようだ。

実のところ、あの子のおっかさんを世話しているのはあたしだけどね。まったく、お和さんと来たら、厚かましいにもほどがあるよ。

和はいまも登美の家に居座ったまま、飽きることなく官兵衛の錦絵を眺めている。登美が厳しいことを言っても、右から左に聞き流された。

お芹ちゃんもおっかさんのことを心配しているだろうね。でも、あんたの錦絵を見ながら、万吉のことを思っているなんて言えやしない。無理やりすり鉢長屋に戻しても、あの調子じゃきっと働かないし……まったく、困ったことになったもんだ。

心配と言えば、差配からは和たちの店賃（たなちん）の相談を受けている。事情が事情だけにすぐに立ち退（の）かせるつもりはないようだが、今後も店賃を払わなければ、話は別だ。

それでなくとも、差配は万吉の弔い代を立て替えている。いつまでも甘い顔はしていないだろう。

まったく、万吉のやつが酔って喧嘩なんてしなければ……本当に最後の最後まで人に迷惑をかけてくれるよ。

苛立つ登美にお構いなく、時だけは過ぎていく。

東花円がまめやに来たのは、九月五日のことだった。

子持ち縞の袷を粋に着こなし、ふらりと現れた踊りの師匠は、出会い頭に「お芹のことで」と切り出した。登美は澄に店を任せると、稲荷裏に花円を連れ出した。

「あたしも花円師匠に話したいことがあったんです。立ち話ですみませんけど、長く店を空けることができませんので」

まだ日が高いせいか、人目を忍んで逢引きする男女の姿もないようだ。登美は辺りを見回して、「お芹ちゃんはどうしていますか」と花円に尋ねた。

「あの子のことならご心配なく。熱心に踊りの稽古をしていますよ。ところで、あの子のおっかさんのほうはどうなんです。いまでもお芹を亭主の仇だと言い張っているんですかねぇ」

眉をひそめて問い返されて、登美はすぐにピンときた。芹はすべての事情を師匠に打ち明けているらしい。

「そりゃ、そうだよね。でなきゃ、いくら踊りの才があっても、束脩も払っていない弟子に居候なんてさせないよ」

花円はすべて承知の上で、芹の面倒を見てくれている。登美は内心ほっとしながら、うなずいた。

「もちろん、万吉が死んだすぐ後に比べれば、ずいぶん落ち着きましたけど……お和さんはお芹ちゃんを恨むというより、妬いているんですよ」

並みの人なら、そんなことを言われても戸惑ったに違いない。

しかし、事情を聞いている踊りの家元はすぐさま腑に落ちたらしい。首をかしげることもなく、「なるほどねぇ」と呟いた。

「いまはうちに居座って、遠野官兵衛の錦絵を一日中見つめています。早くすり鉢長屋に帰れって、あたしは言ってんですけどね」

「そうは言っても、目を離すと何か仕出かしそうで強く出られないんでしょう。おかみさんはやさしいから」

「ほめてもらって何ですが、あたしはお師匠さんにやさしいと言われるようなことをした覚えはありませんよ」

訳知り顔で言い返されて、登美は少々むっとする。

かつて、芹の踊りの稽古を巡り、花円と言い争ったことがある。その後はろくに言葉を交わしていないのに、「やさしい」と言われる筋合いはない。つっけんどんな態度をとれば、相手はぷっと噴き出した。

「そりゃ、失礼いたしました。ところで、今日は頼みがあって来たんです」

正直、これ以上の面倒は御免被りたいところである。

だが、芹に関わることならば、聞かないわけにもいかないだろう。苦い気持ちを呑み込んで「何でしょう」と尋ねれば、花円の口の端が上がった。

「次の芝居を今月二十八日の正九ツ（正午）にすることになりましてね。当日、お芹のおっかさんを飛鳥山に連れてきてくださいな」

まめやは八の付く日が休みでしょう――笑みを浮かべての頼みごとに、登美は目を丸くした。

「ちょっと、待ってください。そんなことをしたら」

「もし、お芹のおっかさんが芝居の邪魔をしようとしたら、おかみさんが止めてください。頼みますよ」

さらに厄介なことを頼まれて、こっちは二の句が継げなくなる。口をパクパクさせていると、花円が不意に真顔になった。

「少女カゲキ団は二十八日の芝居が最後です。あたしはお芹のおっかさんに、あの子の役者としての晴れ姿を見てもらいたいんです」

「でも……」

「あの子が遠野官兵衛になって、一番喜んだに違いない父親は死んじまいました。その代わりに見てやってほしいんです」

花円はそう言って、深々と頭を下げる。登美は困ってうつむいた。

和には強く出られるが、芹には強く出られない。それは芹が生まれる前に、繰り返し「流したほうがいい」と和に言った覚えがあるからだ。

いまだって、あのときの判断が間違っていたとは思っていない。芹は身勝手な親に振り回されて、さんざん苦労をしてきたのだ。

だが、芹が生まれないほうがよかったのかと問われると、正直わからなくなってしまう。登美は「生まれた子に罪はない」と思えばこそ、陰ひなたに手を差し伸べてきたつもりである。その甲斐あって芹がまっとうに育ったことをうれしく思う一方で、一抹の後ろめたさも感じていた。

役者の川崎万之丞に惚れたせいで、和は女として幸せになれなかった。芹も万吉から「役者になれ」と命じられて、女であることを嘆いていた。

登美からすれば、万吉こそ二人の不幸の元凶だ。

それでも、あの男がいなければ、芹はこの世にいないのだ。

あと二年もしたら、芹を真面目な職人と引き合わせ、所帯を持たせようと思っていたのに……東花円に弟子入りして、気が付けばこんなことになっていた。

お芹ちゃんと芝居は、切っても切れない太い縁で結ばれていたんだね。万吉はあの子が生まれたときから、それに気付いていたんだろう。

でなければ、娘を息子と偽って役者にしようとするはずがない。あの男は父親としては役立たずだが、役者としては本物だった。

和も芝居をする芹を見れば、川崎万之丞ではないとわかってくれるかもしれない。

登美は祈るような気持ちで、花円の頼みを引き受けることにした。

六

九月二十八日は、幸いなことに晴天だった。

いつもより早く目覚めた才は東の空に顔を出した明るいお天道様を見て、安堵のあまり手を合わせた。ここ数日間、雨が降ったらどうしようと気が気ではなかったのである。

女心と秋の空は変わりやすい。

師匠から「飛鳥山の芝居は二十八日に行う」と告げられたとき、すでに少女カゲキ団を待ちわびる町娘たちの飛鳥山詣では始まっていた。いつ行われるかわからないので、毎日通う覚悟のようだ。

しかし、その心意気が果たしていつまで続くだろうか。飛鳥山は娘の足だと片道一刻余りかかってしまう。裕福な娘たちは飛鳥山の近くに泊まり込んだり、駕籠で通っているようだが、多くは歩いて通うはずだ。三日も続ければ疲れ果て、あきらめてしまうに違いない。

さんざんもったいぶった挙句、見物客がいなくなっては本末転倒もいいところだ。もっと早く人前で演じたほうがいいのではないか――才が考えを口にすると、師匠にじろりと睨まれた。

――よくもそんなことが言えたもんだね。あんたたちの芝居が未熟だから、月末にやるしかないんじゃないか。

仏頂面で言い切られたら、未熟な弟子は何も言えない。芝居の稽古に励む傍ら、娘たちが「草履を履きつぶした」「足が棒になった」と嘆くのを申し訳なく思っていたが、ようやく当日を迎えられた。

今日雨が降ったら、月を跨いでしまうもの。きっと、神仏があたしの願いを聞き届けてくれたのね。

もっとも、そう思っていたのは才だけではなかったようだ。飛鳥山へ向かう道すがら、仁がしみじみ呟いた。

「本当に、今日は晴れてよかったわ。お静ちゃんと神明宮にお参りして、お賽銭を奮発した甲斐があったというものよ」

「あら、あたしだって神田明神にお参りしたわよ。お才ちゃんは？」

紅が負けじと胸を張り、才のほうに振り返る。

この三人が賽銭を弾んだと言うのなら、それなりの金額になるだろう。自分の分も含めれば、天気になって当然か。才は思わず苦笑した。

「あたしもお不動さんにお参りして、ちゃんとお願いしてきたわ。おみくじにも『願い事かなう』とあったしね」

ちなみに、芹と師匠は「我関せず」と言いたげに前だけを向いている。

いま、にぎやかに囀り（さえず）ながら歩いているのは、少女カゲキ団の五人に師匠を加えた六人連れだ。才は兼も連れていくつもりだったのに、なぜか師匠が嫌がったので留守番をさせることになった。

お兼にもあたしの最後の芝居を見てもらいたかったのに。どうして、お師匠さんは許してくれなかったのかしら。

納得のいかない才は食い下がろうとしたのだが、兼本人に遠慮をされた。釈然としない思いでいると、仁に話しかけられた。

「飛鳥山はいまが紅葉の盛りだそうよ。もっと早いほうがいいとあたしも思っていたけれど、やっぱり今日でよかったわね」

目当ての地までの道のりは長い。仁は周囲の目や耳を気にしながら、抑えた声で話を続けた。

「春は満開の桜の下、秋は赤や黄色に色づいた木の葉の下。少女カゲキ団に豪華な舞台道具は要らないわね。飛鳥山の人出は日に日に増えているんですって」

「それは秋が深まって、紅葉目当ての人が増えたからでしょう」

桜の名所は、秋になると紅葉の名所になる。

山に来るすべての人たちが少女カゲキ団目当てとは思えない。才が異を唱えれば、

「そんなことないわよ」と言い返された。

「お才ちゃんは少女カゲキ団の人気をわかってないのね。九月に入ってから『天気のいい日は江戸から町娘がいなくなる』って、男たちがこぼしているのよ。いまだって往来を歩いている若い娘は、あたしたちしかいないでしょう」

「それはいくら何でも言い過ぎよ」

鼻息荒く大風呂敷を広げられ、才は笑って窘める。すると、仁がいかにも驚いたような顔をした。

「お才ちゃんの目は節穴なの？　周りをよく見てご覧なさいよ」

高砂町を出た一行は、ちょうど西両国の広小路に差し掛かったところだった。才は重ねて言い返すのも面倒になり、多くの人でにぎわう火除け地を見渡した。

気持ちのいい秋晴れの下、芝居小屋や見世物小屋の客引きたちは、今日も大きな声を張り上げている。半纏着の職人が人をかき分け駆けていくのは、さては寝坊をしたからか。粋な年増はまだ幼い子を連れて大川のほうへと歩いていく。その女に見とれた中間が主人の侍に叱られていた。

才にとっては見慣れた光景であるにもかかわらず、色合いが妙に黒っぽい。赤い着

物の小さな子はいるけれど、茶店の床几に座っていたり、連れ立って歩いている年頃の娘は見当たらなかった。

お仁ちゃんの言う通りだわ。あたしの目はてんで節穴だったようね。

才は顔を引きつらせ、背中に冷や汗をかいてしまった。

「仕事のない娘たちはとっくに飛鳥山に出かけたの。あたしたちだって傍から見れば、少女カゲキ団が目当ての一行に見えるでしょうよ」

訳知り顔で告げられて、自分たちの人気を改めて思い知る。ならば、今日の芝居にはどれだけの娘たちが集まるのか。

いままでさんざん無駄足を踏ませてしまったんだもの。芝居を期待されている分だけ、見る目も厳しくなっているわよね。

芹の父が亡くなってから、みなで心を合わせて「仇討の場」の稽古に励んできた。台詞も一から手直ししてよりいい芝居になったつもりでいるが、果たして見物客はどう思うだろう。

こんな芝居を見るために、足を棒にして通ったんじゃない。そう言われないようにするために、今日は懸命に頑張らないと。

才が気を引き締めたとき、仁は含み笑いで話を変えた。

「そういえば、これは知っている？　飛鳥山には水上竜太郎の真似をした振袖袴姿の娘たちが何人もいるんですって」

春にやった「再会の場」が評判になり、町娘が古着屋で袴を買っているという噂は聞いていた。その後、隠れて袴を穿いていた娘たちが少女カゲキ団の芝居に合わせ、袴姿を披露しているらしい。

「髪は島田のままの娘が多いみたいだけど、結構似合う人もいるようよ。お才ちゃん、楽しみね」

仁は本気で楽しそうだが、才は少々複雑だ。自分より似合う娘がいれば、立つ瀬がないと思っていたら、

「でも、竜太郎もどきはまだいいわ。厄介なのは、笠をかぶった着流しの官兵衛もどきが出たことよ」

少女カゲキ団の一番人気は、芹の扮する遠野官兵衛だ。その人気を考えれば、もどきが出てもおかしくない。

だが、振袖袴姿と違い、黒羽二重の着流しなんて普通の娘には似合わない。いくら官兵衛に憧れていても、自ら真似をするだろうか。才が眉をひそめると、「そっちは男が真似をしているの」と教えられた。

「どうして、男が少女カゲキ団の真似をするのよ」

いくら芹の扮する官兵衛が水際立った男ぶりでも、男が男のふりをする娘を真似してどうするのか。ますますわけがわからなくなり、才は顎を落としてしまう。仁が楽しげにうそぶいた。

「お才ちゃんてば、鈍いわね。飛鳥山で官兵衛に似た人がいれば、若い娘がこぞって寄ってくるでしょう」

誰もがみな、少女カゲキ団の登場をいまや遅しと待ち構えている。それらしい恰好の者がいれば、色めき立って笠の下を確かめようとするらしい。

「もっとも、人違いだとばれたとたん、白い目で見られてしまうんですって。たとえ人違いでもほんの一瞬、若い娘に囲まれたいと願う男がいたんでしょうね」

しかし、娘たちだって馬鹿ではない。

妙な下心を持つ偽者が二人、三人と現れれば、笠で顔を隠していても近づこうとはしなくなる。おまけに、官兵衛の真似をしたことがばれたら最後、他の男から笑いものにされるとか。

「女の真似をして女にもてようとするなんてみっともない。おまえはそれでも男かと、さんざん馬鹿にされるみたい。実際その通りだから言い訳もできないでしょう。官兵衛もどきはすぐに廃れたんだけど、中には逆恨みをしている輩もいるようなのよ」

自分が勝手に官兵衛の真似をしたくせに、「少女カゲキ団のせいで恥をかいた」と憤っているらしい。理不尽この上ない話に、才は開いた口が塞がらなかった。

「……このひと月の間に、いろいろなことがあったのね」

少女カゲキ団の人気は娘たちの間だけだと思っていたが、男たちにも陰に陽に影響を与えていたらしい。

今日の芝居は少女カゲキ団の贔屓だけでなく、官兵衛の真似をした男だって見に来るかもしれないわ。娘たちにもてはやされるあたしたちに嫉妬して、芝居の邪魔をしなければいいけれど……。

ふと嫌な予感が頭をよぎり、才はむっつりと黙り込む。何気なく仁のほうを見れば、仁も険しい顔をしていた。

いま気付いたけれど、お仁ちゃんの目の下に隈ができているわ。下の瞼も小刻みに震えているし、昨夜は寝られなかったのね。

仁は少女カゲキ団の狂言作者で、「忍恋仇心中」の中には登場しない。

しかし、今日も芝居の前後に口上を言い、苦手な義太夫語りも控えている。いつも以上にしゃべっていたのは、緊張の裏返しだったのか。

お仁ちゃんにとっても、自分の芝居が成功するか否かの正念場だもの。傍から邪魔が入ったときは、あたしが何とかしなくっちゃ。

才がそう思ったとき、紅が呑気に割って入った。

「ねえ、飴売りの恰好で中間の真似をする人はいないのかしら」

「残念ながら、あたしは聞いていないわね」

仁が首を横に振ると、とたんに紅がうなだれた。

そう言いたくなる気持ちはわかるけれど、飴売りの恰好をした人を見て、少女カゲキ団の中間の真似だと誰が気付いてくれるのか。子供が本物の飴売りと勘違いして、寄ってくるのが関の山だ。

いまそんなことを気にするなんて、お紅ちゃんは余裕があるわね。あたしなんて今朝から緊張して、朝餉もろくに喉を通らなかったのに。

黙っていると余計に緊張してしまいそうで、他愛ない話を続けてきた。

しかし、仁は明らかに寝不足だし、静はいつにもまして口数が少ない。芹は険しい表情で師匠の隣を歩いている。

少女カゲキ団の中で一番いつも通りなのは、紅かもしれない。才は半ば感心しながら、幼馴染みを慰めた。

「春に芝居をしたとき、お紅ちゃんは最後まで頭巾をかぶったままだったでしょう。今日は頭巾を取るし、見せ場だってあるもの。これから人気が出ると思うわ」

「でも、今日が最後なのよねぇ」

ため息混じりに言われてしまい、才は余計なことを言ったと後悔する。

もし自分の縁談が決まらなければ、もう少し少女カゲキ団を続けることができただろう。ここは一応謝るべきかと思ったところへ、「それは言わない約束でしょう」と仁が窘めた。

「本来なら、春に終わっていたはずだもの。あたしたちの縁談だっていつ決まるかわからないし、いまが潮時だったのよ」

「そうよ、あたしだっていつ死んだことにされるかわかりゃしないわ」

仁に続いて静が言い、才は内心ぎょっとする。

男の静がこの先ずっと女のふりを続けることは難しい。いずれは死んだことにして、橋本屋から出されてしまうのか。

「みなと一緒に人前で男の恰好をするのは、今日が最初で最後だもの。せいぜいお才ちゃんの竜太郎をいじめてやるわ」

そう言って笑った静と目が合い、才は顔をこわばらせる。冗談だとわかっていても、あまり冗談に聞こえない。

紅は二人の言葉に反省したのか、おとなしくうなずいた。

「そうね、江戸中の町娘があたしたちに期待しているんだもの。今日の芝居をのちの世までの語り草にしなくっちゃ」

今度は一転、大きなことを言い出したので、才は横目で師匠をうかがった。

いつもなら「調子に乗るんじゃないよ」と叱られるところである。だが、師匠は何も言わなかった。

お師匠さんだけでなく、お芹さんもやけにピリピリしているわよね。死んだおとっつぁんのことを思っているのかしら。

それぞれ思うところはあるだろうが、芹は今日の芝居に懸ける思いが特別強いはずである。そのせいで固くなり、しくじらなければいいのだけれど。

才は漠然とした不安を胸に歩き続け、一行が飛鳥山に到着したのは、四ツ半（午前十一時）になったところだった。

九月も末の飛鳥山は、ちょうど紅葉の盛りである。

だが、秋の青空に映える頭上の錦より、笑顔でそぞろ歩く娘たちのほうがはるかに人目を引いている。その数の多さに圧倒されて、ちらほら見える男たちはどこか肩身が狭そうだった。

これぞまさしく、「乙女ぞ秋の錦なりけり」ね。お仁ちゃんの言う通り、江戸中の町娘がここに集まったみたいだわ。

袴を穿いている娘たちも思った以上に数が多い。中には水上竜太郎の錦絵とよく似た振袖を着ている者までいた。着古した黒羽二重の着物や紺袴と違い、ずいぶん金がかかっただろう。

「ねえ、今日こそは現れるわよね」

「天気もいいし、間違いないわ」

「……その台詞は聞き飽きたわよ」

そんな娘たちの期待と不安に満ちたやり取りを聞きながら、一行は春にも世話になった水茶屋に向かった。

「あらまぁ、ひとり増えたんですね。ようこそいらっしゃいました」

水茶屋のおかみは満面の笑みで迎えてくれた。このひと月、少女カゲキ団のおかげでさぞかし儲(もう)かったのだろう。

今日の衣装は、静を除けば「再会の場」とほぼ同じである。

才は錦絵と同じ水浅葱(みずあさぎ)の振袖に紺袴だ。

色合いが秋らしいとは言えないけれど、これぱかりは仕方がない。頭は櫛、簪、手絡を外し、青黛を塗った絹を中剃り代わりに額の上に差し込んだ。春はこれで完成だったが、今日はさらに化粧を施している。

閉め切った芝居小屋と違い、少女カゲキ団は明るいお天道様の下で芝居をする。それでも多くの見物客に囲まれることを考えれば、役者の顔が遠くからでもはっきり見えたほうがいい。何より、化粧をしたほうが素顔をごまかすことができる。

踊りのおさらい会でも化粧はしたので、舞台化粧のやり方は承知している。才は手早く化粧をすませ、芹の支度を手伝った。

白粉を塗り、目の周りを黒く縁取って、唇には紅を引く。鬘をかぶって芝居用の刀を差せば、遠野官兵衛の出来上がりだ。

いっそう二枚目役者らしくなった姿を才がうっとりと見つめていたら、背後で紅の悲鳴がした。

「ねえ、あたしはこの顔で人前に出るの？」

振り向けば、額と口の両側にしわを描いた飴売りがいる。いまにも泣き出しそうな紅を仁が鋭く睨みつけた。

「お紅ちゃん、泣いちゃ駄目。もっとひどい顔になるわよ」

「だ、だって……」

「中間為八(ためはち)は竜太郎の父親より年上なの。しわひとつなかったら、おかしいでしょう」

「それは、わかるけど……」

「あたしの化粧が気に入らないなら、飴売りの頭巾をかぶったまま芝居をすればいいじゃない。何よ、せっかく鬘も用意したのに」

普段の稽古では化粧なんてしないため、紅は「再会の場」でどんな顔をしていたか忘れてしまい、勝手に色男の中間を思い描いていたらしい。いまにも泣き出しそうな紅を見かね、芹が慌てて間に入った。

「お紅さん、芝居は二枚目役者だけじゃ成り立たないの。脇役がいい芝居をしてくれないと、盛り上がらないものなのよ。今日の芝居が成功するか否かは、お紅さんの為八にかかっているんだから」

「でも……」

「看板役者も白髪頭の年寄りを演じるときは、顔にしわを描くでしょう。お紅さんが忠義の中間にふさわしい芝居をすれば、拍手喝采(かっさい)を浴びるわよ」

言葉巧みに持ち上げられて、紅も渋々納得したようだ。ふくれてそっぽを向く仁に

「ごめんなさい」と頭を下げる。

弟子たちの姦しいやり取りを黙って眺めていた師匠は、「よし」と言って立ち上がった。

「それじゃ、みな支度はいいね。ひと月通ってくれた見物客があっと驚く芝居をしようじゃないか」

気合のこもった掛け声に、五人は「はい」と声を揃えた。

師匠は笠をかぶった旅芸人の装いをして、手に三味線を抱えている。瓦版売り姿の仁は頭を手ぬぐいで覆っていた。

役者の四人もそれぞれ顔を隠している。

だが、笠をかぶった浪人者と振袖袴姿の若衆が一緒にいれば、嫌でも周りに気付かれる。表に出ていくらも進まぬうちに、娘たちに見つかった。

「ねえ、あれって」

「ひょっとして、本物かしら」

「きっと、そうよ。振袖が竜太郎の錦絵と同じだもの」

「大変、ついていかなくちゃ」

「あたし、友達を呼んでくるわ」

興奮を押し殺したような声がさざ波のごとく広がっていく。一行が目当ての場所に着いたときは、祭り行列さながらの長い列になっていた。

俊はあらかじめ芝居をする日時と場所を知っていたから、念入りに掃除をしてくれたのだろう。石やゴミはもちろんのこと、色づいた木々の落ち葉もほとんど落ちていなかった。すでに祖父を連れてきて、近くに陣取っているのだろうか。

才は周囲を見回したが、人が多すぎてわからなかった。

ここにいる人数は、恐らく百は下らないわね。こんなに多くの人の前で、あたしたちは芝居をするんだわ。

覚悟していたはずなのに、にわかに足が震え出す。見物客は娘が多いが、男だって交じっている。もし少女カゲキ団に恨みを持つ者が含まれていたら、芝居の邪魔をしかねない……。

ここまで来てびくびくしても始まらないわ。いままでの稽古を信じて、精一杯芝居をするだけよ。

才が足に力を入れて踏ん張ったとき、仁が柝(き)を打ち鳴らした。

「とざい、とぉざぁい。これよりみなさまお待ちかね、少女カゲキ団による『忍恋仇心中』終幕、『仇討の場』を演じまする。つきまして、見物のみなさまにこの場を空けていただきたく御願い申し上げ奉りまするぅ」

「待ってましたっ」

「やっと、この目で見られるのね」

「ひと月通った甲斐があったわ」

口々に歓声を上げながら、娘たちが押し合いへし合い大きな輪を作る。中央の十間（約十八メートル）四方が空いたところで、再び仁が柝を打った。

「はい、その辺りで結構でございます。手前のほうにいる方々、どうぞしゃがんでくださいまし。ここは地べたが舞台でございまして、立ったままでは後ろの方が芝居をご覧になれません」

すべての見物客が立っていたら、後ろの客は見えなくなる。仁の指図に従って、娘たちはしゃがんだり、中腰になったりした。

「そこの黄八丈（きはちじょう）のお嬢さん、その場でしゃがんでくれませんか。そっちの紺袴のお嬢さんは前の人を押さないで。ああ、一番手前のお嬢さんたち、そこから動かないでくださいよ——それではみなさま、お静かに願います。『忍恋仇心中、仇討の場』の始まり、始まりぃ」

舞台を整えて下がる仁と入れ違いに、才と芹と紅の三人はぽっかり空いた地べたの中心へと進む。才がためらいがちに頭巾を外すと、四方八方から期待に満ちたまなざしが飛んでくる。そのまなざしが肌に刺さり、才の喉が干上がった。

しっかりしなさい。

最後の芝居を立派にやり遂げて、今後の支えにするんでしょう。

春に演じた「再会の場」と同じく、今日も仇を見つけた竜太郎の台詞で始まるのだ。

尻込みする己を叱咤して、才は大きく息を吸った。

「遠野官兵衛、とうとう見つけたぞ。父の仇、今日こそ尋常に勝負せよっ」

「中間為八、若様と共に殿様の無念を晴らしてみしょう。遠野官兵衛、覚悟しろ」

思い切って声を張り上げれば、紅も勢いよく頭巾を投げ捨てる。

それぞれが腰の物を抜いて構えれば、背中を向けていた芹がことさらゆっくり振り返った。

「仇と追われて逃げ隠れするのも、いささか面倒になってきた。そろそろけりをつけるとしようか」

そう、今日ですべてが終わる。

才が力一杯芹を睨めば、相手は蔑むように言った。

「そなたの腕でこの俺に勝てるものか。父親同様、刀の錆にしてくれる」

悪役らしい台詞を吐き、芹がおもむろに笠を取る。その顔があらわになった瞬間、一斉に「官兵衛様っ」と黄色い声が上がった。

その悲鳴じみた声の大きさたるや、花形役者も顔負けである。才はわずかに身じろぎしたが、当の芹は涼しい顔で刀の柄に手をかけた。

ついに仇討が始まると娘たちが息を吞む中、師匠の三味線が始まった。

時は至れり　長月の紅葉舞い散る飛鳥山
思い乱るる胸の内　知られまいぞエ　今生は
親の仇と憎まれながら消すに消されぬこの思い

乾いた秋風に乗り、仁の声が響き渡る。

そのにわか仕込みとは思えない声の伸びに、才は内心目を瞠る。上達したと思っていたが、ここまで聞かせるとは思わなかった。

義太夫を語り始めた頃なんて聞くに耐えなかったのに。お仁ちゃんはずいぶん稽古をしたのね。まるで別人みたいだわ。

うかつに大きな声を出せない分、義太夫や長唄は芝居よりも稽古がしにくかったはずである。それでも、自分の芝居を成功させるために、仁はひそかに努力を続けてきたのだろう。

見物客も新たな趣向に興奮をあらわにしている。みな仁の語りに耳をそばだて、踊る芹を食い入るように見つめていた。

次に生まれてくるときは共に蓮の露となり
風に吹かれて消え失せようぞ
さりとてはく

芹は足元を見ることなく、悠々と踊っている。

才と紅が振り付け通りに斬りかかると、ぎりぎりの間合いで刀から身をかわす。すれ違いざま、才と芹の目が合ってけたたましい悲鳴が上がった。

義太夫の文句が官兵衛の胸中だとわかったのだろう。娘たちは頬を真っ赤に染め、前のめりになっている。

そんな見物客の熱狂に芹は毛ほども動じない。まるで義太夫と三味線の音しか耳に入っていないようだ。

そのくせ、意味ありげな流し目を見物客に送るのだから、性質が悪い。

ひょっとしたら、川崎万之丞はこんな役者だったのかしら――才もまた踊りながら、そんなことを考えた。

ともに遊びし昔は夢か
時を戻せるものならば　幼き頃に立ち戻り
君が笑顔をいま一度
笑わば笑え　忍恋
君がためにと仇となって
思えば憎や　この運命
恋も砕けよ　刀も折れよ
さりとてはく
縁のしがらみ断ち切って
恋に死するは愚かなカラス
夜明け間際に鳴き狂う
しょんがえ

芹が「刀も折れよ」のところでようやく刀を抜き、「縁のしがらみ断ち切って」で素早く刀を振り回す。そのとき、落ち葉か石でも踏んだのか、芹の身体がわずかにぐらつき、才は内心「あっ」と叫んだ。

だが、芹はぐらついたことこそ振り付けだと言わんばかりに、さらに大きく刀を振るう。才は紅と共に避けながら、芹の踊りに調子を合わせた。

芝居はひとりでするものではない。一座が力を合わせて作るものだ。師匠の奏でる三味線も徐々に激しさを増していき、仁の声にも力がこもった。

ただ我をのみ追い来るかと　咎(とが)なき君を待ちわびて
この罪咎の数々は　地獄の果てに持ち去らん
これが最期か　君が手で果つる命や
いざ　さらば

最後の「いざ、さらば」で才が芹の胴へ斬りかかり、芹は膝から地べたに崩れ落ちる。耳をつんざくような悲鳴が上がる中、芹は無言で才のほうに手を伸ばし、前のめりに倒れ伏した。

「いやぁ、官兵衛様ぁ」

「死なないでっ」

「こんなのってないわ」

「あんまりよぉ」

芝居とわかっていながら、中には本気で泣き出した娘もいるようだ。

たとえ仇討ものでも、官兵衛が死ぬとは思っていなかったのか。娘たちの嘆きは激しく、なかなか収まりそうもない。蜂（はち）の巣をつついたような騒ぎになってしまい、才は内心青ざめた。

この騒ぎが続いたら、芝居を続けられないわ。

あたしはどうすればいいの。

春の「再会の場」で酔っ払いが絡んできたときは、芹の機転でどうにかその場を乗り切った。

しかし、芹はいま斬られて死んだことになっている。芝居が続いている間、起き上がることはできないのだ。

ここは舞台に立っている自分が何とかすべきだろう。

でも、一体どうやって……。

焦りと恐怖だけが募り、息が苦しくなった刹那、

「若様、お見事っ」

黄色い喧噪を引き裂くように、紅の声が響き渡る。その一瞬の隙をついて、羽織袴姿の静が駆け寄ってきた。

「官兵衛……間に合わなかったか」

初めて見る二枚目役者に目を奪われたのだろう。娘たちは口をつぐみ、芝居を再開した才たちに注目する。だが、あまり熱心に見られるのもやりづらい。

もし、お静ちゃんが娘じゃないとわかったら……いいえ、いまさら心配しても始まらないわ。

男だろうと何だろうと、静は少女カゲキ団の一員だ。才は不安を押し殺し、ハッタと静を睨みつける。

「あ、あなたはどなたです」

静はうつぶせの芹を抱き起こして仰向けにしてやってから、立ち上がって才に向き直った。

「拙者は南条藩江戸屋敷に勤める、高山信介と申す。そのほうが水上竜太郎だな」

声に抑えきれない怒りがにじみ、気圧された才が後ずさる。中間の紅がかばうように前に出た。

「へえ、その通りでございます。見ての通り、たったいま憎い仇を討ち果たし、見事本懐を遂げたところでござんすが、高山様はなぜここに」

「官兵衛の住まいを訪ねたら、ここでおぬしと果し合いをするという書き置きを見つけたのだ。止めたかったが、間に合わなんだ」

「それは異なことをおっしゃいます。某が本日この場で官兵衛と巡り合ったのは、天が引き合わせてくだすったこと。あらかじめ書き置きを残すことなど、できなかったはずでございます」

「そも、官兵衛めは南条藩に追われている身でござんしょう。どうして高山様がやつの居所をご存じだったのでござんすか」

眉間にしわを寄せる才に続き、紅も訝しげに問い返す。静はこれ見よがしに嘆息して、頭を振った。

「……何も知らぬというのは幸せだな。おぬしらがここに来ると承知の上で、官兵衛は姿を現した。そして、わざと斬られてやったのだ」

「そいつぁ聞き捨てなりやせん。若様は正々堂々と渡り合い、親の仇を討ったんでござんすよ。言いがかりはやめてくだせぇまし」

すかさず紅が食って掛かると、静は嘲るような目つきになった。

「たかが中間の分際で、しゃしゃり出るのも大概にいたせ。官兵衛が本気を出して、かような小童に討たれるものか。あやつは水上竜太郎を守るため、乱心を装って裏切り者の水上竜之進を斬り捨てたのだ」

父親の裏切りが表沙汰になれば、水上家は取り潰し、場合によっては跡取りの竜太郎の連座もあり得る。そこで官兵衛は乱心を装って裏切り者を成敗し、仇として竜太郎に斬られたのだと、静は告げた。

「官兵衛は我が身を捨てて、藩とおぬしを守ったのだ。それを知らずに、あやつを手にかけて得意顔とは片腹痛いわ」

官兵衛の思いの深さを知ったのか、あちこちですすり泣きが始まった。

まるでお通夜のような重苦しい空気の中、紅はひとり「冗談じゃねぇ」と静に嚙みつく。才は静を無言で見つめながら、芹の父が死んだ理由を教えられたときのことを思い出す。

世の中は思いがけないことの繰り返しだ。

少女カゲキ団のせいで人が死ぬとわかっていたら、男姿で芝居をしようなんて目論んだりしなかったろう。

だが、どれほど後悔したところで、芹の父は生き返らない。いま自分にできることは、竜太郎の芝居を全うすることだけである。

才は右手を固く握り、足元に横たわる芹をじっと見つめる。すると、静が腹立たしげに吐き捨てた。

「信じないと言うなら、それでもよい。官兵衛には口止めされていたが、拙者は黙っていられなかった」

捨て台詞を残して静がその場から立ち去ると、才は崩れるように膝をつく。そして、改めて死体になり切っている芹の顔にそっと触れた。

多少の波乱はあったけれど、どうにかここまでこぎつけたわ。あとは、あたしの踊りの出来で芝居の成否が決まるのね。

東流名取の意地にかけて、踊りで芹には負けられない。

才の心に応えるように、仁の長唄が始まった。

　恋に恨みは数々ござる
　恋を知らぬは情けなし

恋に落ちるは愚かなり
遅れて恋を知ったとき
片羽はすでに失せにけり
残る片羽は用なしの余りもの
鳴いたとて声はあの世に届くまい
聞いて驚く人もなし
我も片羽の後を追い
この世の恋と離別いたさん

この場で無理にすり足をすれば、かえって転んでしまうだろう。才は頭と上半身を揺らさないように心掛け、死出の旅に向かう幽玄さを出すことにした。

足元を見れば、顔が下がって姿勢が崩れる。勢い足先に神経を集中すると、上半身の動きがぎこちなくなる。才はそれをごまかすために、あえて大きく腕を振って振袖の袂（たもと）を翻した。

これは竜太郎だけでなく、少女カゲキ団にとっても別れの踊りだ。

去年の暮れに男姿で芝居をしようと思い立ち、お芹さんと知り合って……思えば本当にいろいろあった。

　少女カゲキ団は解散するけれど、自分たちの芝居はここにいる見物客がいつまでも覚えていてくれるだろう。春の桜のように、秋の紅葉のように、記憶の中でひときわ鮮やかに。

　師匠の三味線と仁の声に誘われたのか、赤く色づいた葉が目の前をひらひらと落ちていく。見上げる空は青く澄み、才は無心で踊り続けた。

　そして、仁が「離別いたさん」と歌い終えると、才は脇差（わきざし）を抜いて首に当てる。そのまま手前に引いて倒れれば、娘たちから悲鳴が上がった。

「若様ぁぁ」

　娘たちの声に負けない紅の絶叫を聞きながら、才は満足して目を閉じた。

※

　芹は「仇討の踊り」を終えて倒れ伏すと、じっと息を殺していた。

　ここから先の芝居は才たちに任せるしかない。何事もないことを祈りつつ、周囲の声に耳をそばだてた。

うつぶせの間は、こっそり薄目を開けていても気付かれないわよね。どうせ顔を動かせないから、ほとんど何も見えないけれど。

雪から「お上が少女カゲキ団に目をつけた」と言われて以来、時折鈴村に立ち寄って町方の動きに探りを入れてきた。いまのところ、少女カゲキ団が表立って探索されている様子はない。

今日だってここまでは何事もなく進んできた。

だが、ここから先も無事に終わるという保証もなかった。

もし、十手持ちに踏み込まれたらどうするか。もしくは、芝居を見に来た自分の母が騒ぎを起こしたらどうなるか。芹は地べたに身を伏せたまま、息をひそめて芝居の無事を祈った。

そんな思いとは裏腹に、耳に入るのは「官兵衛様、死なないでぇ」と叫ぶ娘たちの泣き声ばかり。しかも、一向に収まらない。

これじゃ十手持ちに邪魔されなくたって、お静さんの高山が登場できないわ。お才さんとお紅さんは何をしているのよ。

台本では官兵衛の死後、中間が「若様、お見事」と叫ぶことになっている。とはいえ、見物客の大半が官兵衛の死を嘆いている状況では、かなり言いにくい台詞だろう。

お紅さんが駄目なら、お才さんが何とかしてくれないと。主役が見物客の気持ちを舞台に引き付けなくてどうすんのさ。

文字通り身動きの取れない芹は、腹の中で歯噛みする。このままでは芝居が台無しになるとしびれを切らす寸前に、鋭く響く声がした。

「若様、お見事っ」

気合のこもった一声が娘たちを黙らせる。そして足音が近づいてきて、「官兵衛……間に合わなかったか」と、嘆く静の声がした。

お見事なのは、お紅さんだよ。よくぞ見物客に呑まれることなく、叫ぶことができたもんだ。

静の手で仰向けにされた芹は、綻(ほころ)んでしまいそうな口元を引き締める。再び芝居が動き出したことにほっとしながら、また見物客の声に集中した。

聞こえてくるのは、すすり泣きと官兵衛に肩入れする言葉。ちらほらと「高山様も恰好がいい」なんて、静に憧れる声もする。本来の姿をほめられて、本人もまんざらでもないだろう。

芝居の幕までもう少し……おとっつぁん、お願いだから力を貸して。あたしたちの最後の芝居を無事にやり遂げさせてちょうだい。

きっと、父は草葉の陰からこの芝居を観ているはずだ。どうか十手持ちや母から少女カゲキ団を守ってくれと、心の中で手を合わせる。

間もなく師匠の三味線と共に仁の長唄が始まって――紅の悲痛な叫び声が辺りに響く。ややして、柝が三度鳴った。

「これにて少女カゲキ団、『忍恋仇心中』は幕引きとさせていただきます。ご見物のみなさま、誠にありがとうございました」

仁が口上を言ったとたん、それまでの嘆きから一変して、娘たちの歓声と拍手が巻き起こった。

「いよっ、日本一」

「官兵衛さま、早く起きてぇ」

「今度はちゃんとした芝居小屋でやってちょうだい」

「また、芝居をやるんでしょう」

「いまから楽しみにしているから」

たくさんの声が入り混じる中、芹はそろそろと身を起こした。無事終わったことに底知れない安堵を感じながら、再度人混みに目をこらす。

やっぱり、おっかさんは来なかったんだね。まめやのおかみさんが連れてくることになっていたけれど、本人が嫌がったんだろう。

　芹が役者を目指したきっかけは、父であり、母のためだった。ほっとしつつも少し残念に思っていたら、才に肩を叩かれた。

「お芹さん、早く立ってちょうだい」

　その笑顔からして、満足のいく踊りができたのだろう。

　紅は割れんばかりの歓声に感激したのか、いまにも泣きそうな顔をしている。泣いたらひどい顔になると、言ってやったほうがいいだろうか。芹が口を開きかけたとき、場違いな太い声がした。

「なるほど。素人芝居にしちゃ、なかなかのもんだ。しかし、若い娘が調子に乗って、世間を騒がせるのはいただけねぇな」

　娘たちの輪をかき分けて、向こうから三人の男が近寄ってくる。その先頭を歩く四十絡みの男の手には、鈍く光る十手が握られていた。

　ああ、やっぱり現れた。

　もっとも恐れていた成り行きに芹の顔から血の気が引いた。

「正体不明の娘一座とやらに、ちょいと尋ねたいことがあるんだよ。おとなしくついてきてもらおう」

芝居の興奮は瞬く間に消え去って、周囲の娘たちも怯えている。芹は近づいてくる十手持ちを精一杯睨みつけた。

あたしはお縄になったとしても、お才さんたちは逃がさなきゃ。芝居用の刀を振り回せば、少しは足止めできるはずよ。

そう覚悟を決めたとき、

「わ、我こそは水上竜太郎なりっ」

突然裏返った声が響き、振袖袴姿の雪が芹のそばに駆け寄った。すると、他の振袖袴姿の娘たちも後に続く。

「わ、私が水上竜太郎よ」

「違うわ、あたしが本物の竜太郎です」

「馬鹿なことを言わないで。あたしに決まっているじゃないの」

たくさんの竜太郎もどきの登場に、十手持ちは間抜け面をさらしている。雪がその隙に芹の背中を強く押した。

「早くここから逃げてください。お師匠さんたちはもう逃げましたよ」

「お雪さん、ありがとう」

いざというときの相談はしていたけれど、正直半信半疑だった。雪たち贔屓の勇気に感謝して、芹は立ちすくむ才と紅の手を摑む。

「ほら、あたしたちもさっさと逃げるよ」

勢いよく駆け出せば、人垣が割れて一本道ができる。逃げる三人に左右からしきりと声がかかった。

「芝居はよかったけど、あらかじめやる日を教えてちょうだい」

「今度はいつ芝居をするの」

「楽しみにしているからね」

「頑張って」

芹は全力で走りながら、心の中で礼を言う。

芝居は役者がするものだと思っていたが、そうではない。役者と見物客で作り上げるものなのだ。

「おい、こら。待ちやがれっ」

娘たちに阻まれて、焦った十手持ちが声を上げる。芹は後ろも見ずに言い返した。

「待てと言われて、待つ馬鹿がいるもんか」

とっさに返した捨て台詞が、芹が官兵衛として人前で発した最後の台詞になってしまった。

七

天変地異や飢饉が続き、何かと評判の悪かった天明の世が寛政と改められたのは、いまから四年前のことである。

芹は二十六になり、東流の名取「芹花」として踊りの稽古に明け暮れていた。

「いいかい、よく見ているんだよ。足は右、左、右、くるっと回って次に出すのは左足。手は左、右、左と交互に挙げて、回るときは両手をこう」

「ねぇ、そんなに一度に言われてもわかんないわ。もっとゆっくり、わかりやすく教えてちょうだい」

弟子入りして間もない十歳の佐和に文句を言われ、教える芹の顔がかすかに引きつる。

習い事をするとき、師匠の言うことは絶対だ。

しかし、相手はまだ子供だし、何より大事な金蔓である。ここで怒ってはいけないと、芹は無理やり微笑んだ。

「あ、あら、ごめんなさい。じゃあ、まずは足だけやってみましょうか。はい、右、左、右、くるっと回って」

「だから、もっとゆっくりやれって言ってるでしょっ。そんな教え方だから、東流は流行らないのよ」

「……」

世間知らずのくそ餓鬼に、ここまで言われる筋合いはない。

しかし、何も知らない相手ゆえに、ならぬ堪忍するが堪忍、短気は損気、辛抱の木に花が咲くと、芹は自分に言い聞かせた。

なまじ、踊りを教えようと考えるからいけないのだ。客の機嫌をうかがう幇間になったつもりでやればいい。芹は大きく息を吸った。

「そ、そうね。お佐和ちゃんはまだ慣れていないから……。はい、まずは足を揃えてまっすぐに立ってぇ、最初に右足を前に出してぇ、次は左足を前に出す。そうそう、上手にできたわねぇ。お佐和ちゃんは呑み込みが早いこと」

無理やりほめておだてれば、佐和が得意げに胸を張る。

だが、足を交互に出すくらい、歩き始めたばかりの赤ん坊だってすることだ。それをいちいち持ち上げないといけないのか。芹は心の中で毒づきながら、しきりと文句を垂れ流す子供相手に稽古を続けた。

思えばいまから七年前、花円の後ろ盾だった老中田沼意次の失脚が東流の落ち目となるきっかけになった。その後のご改革で江戸の景気がより悪くなり、新たに弟子入りする子も少なくなった。

懐に余裕がなくなって、まず削られるのは暮らしと仕事以外の金だ。

どこの家でも娘の習い事なんて二の次、三の次になる。踊りに限らず、お茶や琴、三味線を教える女師匠たちも揃って頭を抱えていた。

傍からは遊びと見なされようと、それを教える師匠にとってはたずきの道に他ならない。勢い、弟子に求めるものも変わった。

以前は教え甲斐のある物覚えのいい弟子が好まれたが、いまは出来のよさより金払いのよさがものを言う。前からそういう風潮はあったとはいえ、この十年でよりあからさまになってしまった。

しかし、芸に一途な芹の師匠、東花円は頑固だった。いままでの流儀を頑なに守ったせいで、甘ったれた子供はすぐ音を上げる。そこで三年前から、幼い弟子は芹が踊りを教えるようになったのだ。

——あんたの歳で、すぐに踊れるなんて大したもんだ。

――あたしなんて何遍やってもできなくて、大師匠にきつく叱られたもんさ。

――慌てなくてもいいんだよ。できるようになるまで教えるのが、師匠の役目なんだから。

これもお飯のためだと思えば、鼻持ちならない子供をおだてるくらい屁でもない
――と頭では思っているのだが、実際に文句を言われれば腹も立つ。特に、佐和の態度と口の悪さは飛び抜けていた。

でも、ものは考えようよ。この子が稽古を始めたおかげで、他の子の憎まれ口が気にならなくなったもの。世の中、上には上じゃなくて、下には下があるのよね。

芹は笑顔の下でそんなことを考えながら、今日もどうにか稽古を終えた。

「それじゃ、稽古はここまでにしましょう。教えた振りを忘れないよう、さらっておいてちょうだいね」

いまの進み具合では、一年経っても踊れるようにならないだろう。せめて教えたことは忘れないでほしいと思って言えば、佐和は不満げに鼻を鳴らした。

「どうして、あたしがそんなことをしなくちゃいけないの。踊りを教えるのは小師匠さんの仕事でしょう」

最後まで上から物を言われて、芹はもう窘める気もしなかった。

はいはい、仰せごもっともと、佐和を迎えの女中に押し付ける。そして、玄関の戸を閉めてから大きな息を吐き出した。

東流では家元の花円を「大師匠」、芹を「小師匠」と呼ぶ。

だが、花円の教えを受けない子供にとって、芹が「お師匠さん」である。あの口ばかり達者な子はどこから余計なことを聞き込んだのか。

ああ、まったく腹が立つ。尻を引っ叩いてやりたいけれど、あの子は浜田屋の孫娘だもの。怒らせるわけにはいかないわ。

倹約、倹約といつまで経ってもうるさいお上の手前、贅沢品を扱う店は左前のところが多い。浜田屋は堀江町にある雑穀問屋で、世間の不景気を尻目に繁盛している大店だ。

佐和は浜田屋の跡取り夫婦の娘にして、主人夫婦の初孫である。女の子はいずれ嫁に出す。それまでは精々かわいがろうと寄ってたかって甘やかし、わがまま娘に育てたらしい。

ところが、跡取り夫婦にはいまも佐和しか子がいない。十歳になって厳しいと評判の東流に弟子入りさせたのは、このまま大きくなったのでは婿取りもままならないと思い始めたからだろう。

親の手に余るわがまま娘に育てておいて、赤の他人に性根を叩き直してもらおうなんて考えるのがずうずうしい。ここは踊りを教えるところで、躾をするところじゃないんだから。厄介な子を押し付けられて、こっちはいい迷惑だよ。

佐和のあの性分では、いずれ「踊りが上達しないのは教え方が悪いからだ」と騒ぎ出すに決まっている。下手に悪評を立てられるより、さっさと追い出したほうがいいだろうか。

だが、東流の内証ははっきり言って火の車だ。ここは先のことより目先の金を惜しむべきだろう。

芹が玄関先で考えていたら、奥の花円から声がかかった。慌てて茶の間に顔を出せば、師匠が茶を淹れてくれた。

「まずは一服しておくれ。今日の稽古は浜田屋の孫だけだろう。あんな子供に大きな顔をされるなんて、東流も落ちぶれたもんさ」

長火鉢の向こうに座った師匠は自嘲めいた笑みを浮かべる。

三月に入って暖かくなってきたけれど、桜はまだ三分咲きだ。「花冷え」という言葉もあるし、長火鉢をしまうのはもう少し先になるだろう。芹は差し出された湯呑をありがたく押し頂いた。

「東流に限った話じゃありません。いまはそういうご時世ですよ」

「そりゃ、そうだけどさ。あんな子供におべっかを言いながら、踊りを教えなくちゃいけないなんて……あたしはつくづく情けないよ」

どうやら、稽古場でのやり取りをひそかに聞いていたようだ。師匠は弱々しく吐き捨てて、自分で淹れたお茶を飲む。

髪には白い物が増えたが、背筋は相変わらずまっすぐだ。その姿勢のよさに見とれていると、不意にじろりと睨まれた。

「あんたもあんただ。いくら金のためとはいえ、子供相手にあそこまでへつらわなくてもいいじゃないか」

「お師匠さん、ですが……」

「うちは踊りを教えるところで、歩き方を教えるところじゃないんだよ。お玉の娘と聞いたときから嫌な予感がしたけれど、あそこまでとは思わなかった」

佐和の母もかつてこの稽古所に通っていたものの、とうとう名取になれなかったという。

では、娘を弟子入りさせたのは、そのせいもあったのか。芹は内心苦笑しながら
「怒っても何にもなりません」と師匠に言った。

「お師匠さん、弟子だと思うから腹も立つんです。お佐和は弟子じゃなく、お足だと思えばいいんですよ」

我ながらひどい言い草だが、芹はそう思っている。でなければ、十歳の子に見下されて稽古なんてできるものか。

「いまは食うや食わずの人だってゴロゴロしているんです。意地や矜持(きょうじ)でお腹(なか)はふくれませんからね」

芹はまだ「昔はよかった」と嘆く歳ではないけれど、十年前のほうが生きやすかったのは間違いない。かつて田沼の失脚を喜んだ人々でさえ、「白河の清きに魚も棲(す)みかねて元の濁りの田沼恋しき」と言い出す始末なのだから。

だが、いまさら嘆いてみたところで、世の中が変わるわけではない。あっけらかんと言い切れば、師匠は呆れ顔で芹を見た。

「あんたもこの十年ですっかり図太くなっちまって。おっかさんが消えたときは、どうなることかと思ったがねぇ」

しみじみと呟(つぶや)かれ、とたんに尻の据わりが悪くなった。

飛鳥山の芝居が終わった数日後、高砂町の稽古所に「お和さんがいなくなった」と、すり鉢長屋の差配が駆け込んできた。続いて真っ青になった登美も現れて、母に少女カゲキ団の芝居を見せたと告げられた。

登美によると、母は飛鳥山に行くことを嫌がっていたらしい。

それでも強引に連れ出して芝居を見せると、打って変わって上機嫌になったとか。

「やっぱり、お芹は川崎万之丞の血を引いている」「あの人にも見せてやりたかった」

と自慢げに繰り返し、翌日には「すり鉢長屋に戻る」と言い出したそうだ。

――長いこと留守にしちまったし、また商売を始めなきゃ。お登美さんには本当に長いこと世話になりました。

晴れやかに礼を言う母を見て、登美は安堵したそうだ。

きっと、芝居をする娘に万吉の血を見出して、見直したに違いない。これならまた元のように母子二人で暮らせるだろう。

そう思って送り出したにもかかわらず、母は差配に借金を払うとそのまま姿を消したという。

芹が慌ててすり鉢長屋に行ってみれば、母の着物や帯はもとより、布団や鍋釜もなくなっていた。家にあった金目の物を売り払い、差配に渡す金を作ったようだ。

母は何を考えて、ひとりで姿を消したのか。少女カゲキ団の芝居を見て、芹はひとりでもやっていけると思ったのか。

がらんとした部屋の中で芹が言葉をなくしていると、登美に何度も謝られた。

――お和さんのことは任せておけと、大見得を切っておきながら……こんなことになっちまうなんて……あたしはお芹ちゃんに合わせる顔がないよ。

――まめやの常連客に頼んで、手分けしてお和さんを捜してもらう。必ず見つけ出すから、待っててておくれ。

涙ながらの申し出を芹はその場で断った。

こんな形で捨てられてなお、母に追いすがろうとは思わなかった。たとえ親に見捨てられても、自分には師匠と芝居がある。そして、「まめやの手伝いを辞めたい」とこちらから登美に申し出た。

すでに二月近く休んでいたし、面倒見のいい登美のことだ。芹の顔がそばにあれば、きっと我が身を責めるだろう。

以来、登美とは疎遠になり、母の行方は杳として知れない。

人知れず父の後を追ったのか、それとも誰も知らないところで平穏に暮らしているのだろうか。近頃ではそんなことすらめったに考えなくなっていた。

もちろん、母が消えた直後はあれこれ思い悩みもした。いたずらに我が身を責めて、枕を濡らしたこともある。そんなときは決まって師匠が話し相手になってくれた。

いまとなっては、母の気持ちをわかりたいとも思わない。母だって芹にわかってほしいと思ってはいないだろう。

「先のことはわからないと、お師匠さんが言ったんじゃありませんか。それに景気がよくなったら、役者や芸人の出番でしょう」

少しでも金に余裕ができれば、人は娯楽を求めるものだ。呑気に構える芹を見て、師匠はなぜか肩を落とす。

「あんたはもう二十六、あと四年で大年増だよ。これから世の中がよくなっても、役者になんてなれやしないさ」

薹が立ってしまったら、駆け出しとして人前になんて出られない。師匠はそう言ってため息をつき、懐の文を差し出した。

「あんたがお佐和の稽古をしている間に、上方の花仁から文が届いたんだよ。静花とはうまくやっているらしい」

芹は喜んで文を開き――決まり悪げに師匠を見た。

「お師匠さん、あの、何て書いてありますか」

「何だい、この程度も読めないのかい。四角い文字も一通り教えたじゃないか」

「……すみません。ところどころ読めない字があって……」

ここで暮らすようになってから、芹は師匠に漢字を習っている。いまでは人並みに読み書きができるつもりでいたが、所詮は付け焼刃ということか。仁の文は残念ながら芹の手に負えなかった。

「かいつまんで言えば、花仁も静花も達者でやっているってさ。静花は上方歌舞伎の女形、花村静之助としてたいそうな人気らしい。近く錦絵も売り出されると書いてあるよ。どうせなら、その錦絵と一緒に文を送ってくればいいのに。あの子はいくつになっても気が利かないよ」

文の中身を教えながら、師匠はかつての弟子への不満を漏らす。芹は難しい字を飛ばしつつ、仁と静の顔を思い起こした。

男として生まれながら女として生きてきた静は、少女カゲキ団が解散した翌年に実家の橋本屋からいなくなった。にわかに胸を患って熱海へ病気療養に行き、そこで病死したことになっている。

一方、仁は親の決めた縁談を嫌って出奔し、やはり江戸から姿を消した――ことに表向きはなっている。実際は上方へ行った静を追いかけていったのだ。仁の両親も娘の行方は承知していた。

――お仁はああいう娘です。しっかりしたお店に嫁がせたって、義理の両親とうまくいかないでしょう。出戻ってこられるくらいなら、最初から好きにさせたほうがましですから。

仁が家出したと聞いて、芹は実家の仏具屋行雲堂に駆け付けた。そこで主人夫婦の話を聞き、腰が抜けそうになってしまった。子は親の鏡と言うけれど、なるほど、仁の両親だと納得した。

とはいえ、箱入り育ちの静と仁が、知り合いのいない上方で果たしてやっていけるのか。

師匠と二人で案じていたら、ある日仁から文が届いた。それには静が役者に、自分は狂言作者見習いになったと記されていて、二人で大笑いしたものだ。それから年に一度か二度、上方からの文が届く。

「静花ときたら天下晴れて男として生きられるようになったのに、また女の恰好(かっこう)をするなんて。これも三つ子の魂百までってやつかねぇ」

「でも、お静さんに力仕事はできないでしょう。それに女の真似(まね)をさせれば、右に出る者はいやしません。お静さんには天職ですよ」

芹は笑って返しながら、静のいまの姿を想像する。自分が知る十五のときより、多少は男らしくなっただろう。何しろ、静と仁の間には三つになる娘もいるのだ。

もっとも、仁からの文に「子が生まれた」とあったときは、にわかに信じられなかったが。

「花仁はちゃんと子育てをしているのかねぇ。行雲堂さんも孫が心配で、気が気じゃないだろう」

「それを言うなら、橋本屋さんのほうですよ。女として育ったお静さんが父親になったんですからね」

おまけに、静は仁よりひとつ年下だ。子育てを仁に押し付けて、若い女に目移りしていなければいいけれど。

人気役者は女癖が悪いもの。もし世話になったお仁さんを裏切るような真似をしたら、あたしがタダじゃ置かないよ。

芹が仁の身を案じていると、花円が浮かない顔で呟いた。

「あたしの見込みじゃ、あんたこそ人気役者になっているはずだったんだ。せめて、田沼様が生きていてくだされば……」

かすかに震える声を耳にして、芹はようやく腑に落ちた。この文が届いたせいで、花円は突然愚痴めいたことを言い出したのか。

「お師匠さん、あたしは十分幸せです。たとえ役者になれなくとも、東流の名取となり、弟子に教える立場になったんですから。指をくわえてこの稽古場をのぞいていた頃を思えば、考えられないことですよ」

「だったら、芹花。いっそ、あたしの養子にならないかい」

藪から棒の申し出に、芹は驚き息を呑む。

仁の文を見ただけで、どうしてそんなことを言い出すのか。訝しんで見返すと、花円は湯呑を置いて背筋を伸ばした。

「あんたは踊りの師匠より、役者のほうが向いている。あたしはそう思っていたから、こんな話はしなかった。でも、あんたの歳を考えれば、いつまでも夢を見ていられない。芝居をあきらめて踊り一筋で生きる覚悟があるのなら、あたしは二代目花円をあんたに名乗らせたいんだよ」

芹の弟子入りは遅いものの、東流の弟子の大半は嫁入りと共に踊りをやめる。いまいる弟子の中では芹が一番古株だった。

「もっとも、田沼様が失脚して東流は落ち目だからね。あんたにとっちゃ、かえって迷惑かもしれないが」

自嘲混じりに首を振られ、芹は「迷惑だなんて、とんでもない」と血相を変える。花円から受けた恩を思えば、断れるような話ではない。けれども、すぐにうなずくことはできなかった。

「あたしの踊りは未熟です。二代目花円を名乗るなんて、とても、とても」

自分の踊りが師匠に及ばないことは、嫌というほどわかっている。尻込みして頭を振れば、「あたしだって、いますぐとは言ってないさ」と一蹴された。

「ただし、二代目花円を名乗るのなら、この先どんな世がこようとも、あんたは役者になれなくなる。それだけは覚悟しておくれ」

花円は押し付けるように言い、冷めた茶を飲み干した。

翌三月八日、芹は仁から届いた文を持って本船町の魚正に向かった。

江戸っ子は桜好きなので、庭に桜の木のある家も多い。枝ごとにひとつ、二つと開いている桜の花を眺めていると、何だか心が浮き立ってくる。

満開の桜もいいけれど、こういう桜も悪くないね。お楽しみはこれからだって気分になるもの。

花盛りの桜の下で「忍恋仇心中」を演じてから、すでに十年。

中間為八を演じた紅も、いまでは魚正の若御新造として子育てに励んでいる。芹は歩みを進めながら、少女カゲキ団解散後の歳月を噛みしめた。

昨日、花円に言った言葉は嘘(うそ)ではない。師匠には恩義を感じているし、跡を継がせたいと見込まれたことは身に余る光栄だと思う。

その代わり「役者になる夢をあきらめろ」と言われると――胸の奥がしくしく痛む。いまあきらめてしまったら、十年前の歓声と興奮を二度と味わうことができなくなってしまうのだ。

お静さんはいいわよね。生まれて十五年は女と偽って暮らしたけれど、いまは男に戻り、役者になることができたんだもの。

比べたところで意味がないとわかっていても、僻(ひが)まないではいられない。芹はため息をついてから、魚正の暖簾(のれん)をくぐった。

「お芹さん、忙しいのによく来てくれたわね」

女中に案内された母屋の奥座敷、丸髷(まるまげ)もすっかり板についた紅が大らかに笑う。芹は思わず苦笑した。

「残念ながら、こっちは暇でね。いつも繁盛の魚正さんにあやかりたいよ」

皮肉混じりに返しても、紅は一切動じない。あっさり「そうね」とうなずいた。

「いまは贅沢品を商う店ほどどこも大変だって聞くけれど、人は米だけじゃ生きていけないもの。それにこういうご時世だからこそ、おいしいものが食べたいでしょう。

ところで、今日はどうしたの？　上方から文が届いたかしら」

こちらが何か言う前に見透かされ、芹は目を丸くする。紅は得意げに豊かになった胸を張った。

「それくらいわかるわよ。お芹さんがあたしを急に訪ねてくるなんて、それくらいしかないじゃないの」

「あら、そんなのわからないわ。金を借りに来たのかもしれないよ」

芹は洒落にならないことを言い、持参した仁の文を差し出す。紅はすぐに目を通し、うれしそうに破顔した。

「よかった。お仁ちゃんはお静ちゃんとうまくやっているようね」

「ええ、静之助の錦絵も売り出されるそうよ」

「錦絵と言えば、思い出すわね。お才ちゃんの水上竜太郎と、お芹さんの遠野官兵衛。あれから十年も経つなんて……」

遠い目をする紅を横目に、芹は外の気配に耳を澄ます。

いま話していることを他人に聞かれると厄介だ。さりげなく障子の向こうを気にしていたら、紅が「大丈夫よ」と手を振った。

「女中にはしばらく近寄るなと言ってあるから、安心して」

「でも、正太郎ちゃんがおっかさんを捜しに来るかもしれないでしょう」

正太郎は今年四つになる、紅の産んだ魚正の跡取りだ。遅くにできたひとり娘を猫かわいがりして育てた主人夫婦は、無事に生まれた初孫が男の子とわかるなり大泣きして喜んだという。

その正太郎のいるところ、常に祖父母がそばにいる。油断はできないと身構えれば、

「大丈夫だって」と重ねて言われた。

「今日はうちの両親に連れられて、朝からお参りに行っているの。昼過ぎまで帰ってこないから」

道理で子供の声がしなかったと、芹は胸を撫で下ろす。反面、かわいい盛りの顔が見られないことを残念に思った。

「魚正の旦那さんたちは相変わらずのようね」

「ええ、あたしのときも甘かったけど、孫はもっとすごいわよ。跡取りの男の子だから、余計かわいいんでしょうけれど……おとっつぁんなんて『早く隠居して、一日中孫守りがしたい』って、うちの人に年中言っているの。そうなればますます正太郎を甘やかすから、あたしが反対しているのよ」

「そのほうがいいわ。小さい子を甘やかすと、ろくなことにならないもの」

ふと、佐和の憎たらしい顔が頭をよぎり、芹は大げさに顎を引く。

紅は二十歳のとき、魚正の奉公人を婿に取った。

一緒になる前はさんざん婿となる男の悪口を並べていたけれど、いまは夫婦円満らしい。無事に跡取りも生まれて、魚正の将来は安泰だ。

お静さんとお仁さんも上方でうまくやっているようだし、いまだに足踏みをしているのはあたしだけか。

ふと自嘲めいた思いが込み上げたとき、紅が思い出したように呟いた。

「小耳に挟んだんだけど、お才ちゃんはお姑さんとの折り合いがよくないみたい。あそこは女の子しかいないから」

「あら、まあ」

芹は長らく会っていない友のことを考えた。

少女カゲキ団の解散と共に、才は踊りの稽古をやめた。そして、大身旗本に嫁ぐ支度を始めたが、翌年の夏に破談になった。

もしや、少女カゲキ団に関わっていたことが先方にばれたのか。心配した花円が大野屋の主人に尋ねたところ、予想外の答えが返ってきたという。

――この間、若年寄の田沼意知様が殿中で斬り殺されただろう。才花の縁談が流れたのは、どうやらそのせいらしいんだよ。

大野屋の娘を嫁に取り、老中田沼意次に賂を贈る――それが嫁ぎ先の狙いだったらしい。

ところが、田沼親子を憎む者は数多く、意知を斬った旗本は切腹こそしたものの、逆に「佐野世直し大明神」ともてはやされる始末である。これでは町娘をもらって賂を贈る意味などないと、破談を申し付けられたようだ。

――でも、かえってよかったよ。才花は乗り気だったようだけど、身分違いは苦労の元だ。大野屋の旦那もどこかほっとしたような顔をしていたしね。

店のために大身旗本と縁をつなごうとする一方で、大野屋の主人は娘が跳ねっかえりだとちゃんと知っていたそうだ。

ちなみに、少女カゲキ団が逃げた後で十手持ちを抑えてくれたのは、その場にいた大野屋の主人だったらしい。芹は自分の母だけでなく、才の父も飛鳥山にいたと知って驚いたものだった。

才は破談になってしばらく家に引きこもったが、ひと月ばかり経ってから、紅と共に稽古所にやってきた。

――おとっつぁんに「少女カゲキ団のことを知っていた」と教えられました。町奉行所に手を回してくれたことも……。おまえに奥方は務まらないと言われて、あたしもあきらめがつきました。

少々面やつれしていたが、才は吹っ切れたように微笑んだ。

父親が少女カゲキ団のことを知りながら見逃してくれていたと知り、大分見直したようである。そばにいた紅のほうが縁談相手への怒りをあらわにしていた。

そして、才は十八の秋に親の決めた相手と一緒になった。

「おさんの嫁入り先は、確か味噌醤油問屋だったわよね」

「そうよ。棄捐令の出る前だったら、大野屋の娘を邪険になんてできなかったのに。旗本御家人が札差にした借金を棒引きにしてしまうなんて、お上は何を考えているんだか。掟破りにもほどがあるわよ」

鼻息荒くまくし立てる紅に、芹は「そうねぇ」と相槌を打つ。

公儀による大規模な借金の踏み倒しのせいで、さしもの札差もいままでのような豪遊はできなくなった。それは大野屋であっても例外ではなく、かつての羽振りのよさは見る影もないと聞く。

だが、そういうことならなおのこと、才は大身旗本に嫁がなくてよかったのだろう。実家の羽振りが悪くなれば、嫁ぎ先での立場がますます弱くなってしまう。

また大野屋にとっても、旗本は借金を踏み倒した相手である。以前と同じ付き合いを続けることは難しかったに違いない。

世の中は移り変わり、どんなに流行っていたものもいつかは廃れる。

ならば、いつか女でも日の目を見ることがあるのだろうか。

芹が宙を睨んでそんなことを思っていたら、紅は苛立ちを抑えるように、大きく息を吸って吐く。そして、自分の下腹に手を当てた。

「いけない、いけない。怒ってばかりいると腹の子に悪いって、今朝もおっかさんに言われたのに」

「お紅さん、それじゃ……」

「ええ、いま六月なの。正太郎のときと違って、あまり目立たないでしょう」

誇らしげに告げられて、芹は「おめでとう」と微笑んだ。魚正の主人夫婦が孫を連れてお参りに行ったのは、安産祈願でもあったようだ。

「正太郎ちゃんに弟か妹ができるのね」

「ええ、今度は絶対女の子を産むつもりよ。お産婆さんも腹が目立たないし、女じゃないかって言っているの」

うれしそうに告げられて、芹は少なからずとまどった。

女に生まれた苦労なら、紅もさんざん味わったはずだ。我が子の幸せを考えれば、男のほうがいいに決まっている。

つい「どうして女がいいの」と尋ねれば、紅が小さな目を細める。

「もちろん、踊りを習わせるのよ」

店の跡取りには、長男の正太郎がいる。次の子にはぜひとも自分の夢を継いでほしいと紅は言った。

「あたしはいまでも折に触れて、十年前のことを思い出すの。中間為八を演じて、拍手喝采（かっさい）を浴びた秋の日を」

しわを描いた中間の顔は涙が出るほどみっともなかった。それでも、最後まで演じ抜き、中間の台詞（せりふ）で芝居は幕となったのだ。

あれ以来、紅は自分に言い聞かせてきたという。

「あたしはいざとなれば、他の人ができないこともできるんだって。だから、正太郎だって産めたのよ」

そして、つわりやお産のつらさを切々と訴えられたけれど、経験のない芹は何も言えない。逆らうことなくうなずいていたら、紅はいよいよ勢い込んでこっちに身を乗り出してきた。

「だから、あたしは娘にも少女カゲキ団をやらせたいの。いまは風紀の取り締まりが厳しいけれど、十年、十五年後も続いているとは思えないわ。この子が大きくなる頃には、もっと自由な世の中になるはずよ」

朗らかに夢を語られて、芹の脳裏にも十年前の景色がよみがえる。

飛鳥山で見た桜吹雪。

酔っ払いに絡まれても、無事に芝居をやり遂げた。

秋には芝居が成功してから十手持ちに呼び止められ、居合わせた娘たちの助けを借りて逃げ延びた。

あのときの夢を追いかけて、芹は今日まで生きてきた。

この先自らが役者として人前に立つことはできなくとも、その夢を引き継ぐ子が生まれてくるのか。

「お才ちゃんもきっと娘に踊りを習わせるはずよ。今度はお芹さんが師匠として、少女カゲキ団を率いてちょうだい」

そう言ってもらえるのはうれしいが、果たしてそんなことができるのか。才は姑と折り合いが悪いと言ったばかりではないか。

好き勝手のできる家付き娘のお紅さんとはわけが違う。亭主が身代（しんだい）を継ぐまで、嫁の立場は弱いもの。たとえ我が子のことであろうと、お才さんの思い通りにできないんじゃないかしら。

　芹が懸念を口にすると、「何言っているの」と笑われた。

「あの負けず嫌いのお才ちゃんよ。やられっぱなしで引っ込むわけがないじゃない。それこそ姑を見返そうと娘にあれこれ仕込むはずよ」

「そ、そう」

「お仁ちゃんだって、江戸にまた少女カゲキ団が現れたら、黙っていないんじゃないかしら。ちょうど娘もいるんだもの。自分の狂言を演じさせる上方少女カゲキ団を始めると思うわよ」

　そう言われれば、才と仁はいかにもそんなことをしそうである。芹はここに来る途中に見た、満開にはまだ遠い桜の木を思い浮かべた。

　あたしは役者にはなれないし、恐らく子を産むこともないけれど、夢をあきらめなくてすむんだね。

　父は夢に破れ、自分に夢を託して亡くなった。母は少女カゲキ団の芝居を見て、芹の前から姿を消した。

　それでも、芝居という夢がいまも自分と仲間をつないでいる。

いまはまだつぼみが固くとも、いずれ満開の花を咲かせるだろう。
芹は静かにうなずいて、二代目花円を名乗る覚悟を決めた。

（了）

本書は時代小説文庫（ハルキ文庫）の書き下ろし作品です。

な 10-15

大江戸少女カゲキ団 五

著者　中島 要

2022年3月18日第一刷発行

発行者　角川春樹

発行所　株式会社 角川春樹事務所
〒102-0074 東京都千代田区九段南2-1-30 イタリア文化会館

電話　03(3263)5247[編集]　03(3263)5881[営業]

印刷・製本　中央精版印刷株式会社

フォーマット・デザイン＆シンボルマーク　芦澤泰偉

ISBN978-4-7584-4468-2 C0193

http://www.kadokawaharuki.co.jp/[営業]
fanmail@kadokawaharuki.co.jp[編集]　ご意見・ご感想をお寄せください。

〈 中島　要の本 〉

着物始末暦シリーズ（全十巻）

市井の人々が抱える悩みを、着物にまつわる思いと共に、余一が綺麗に始末する。大人気シリーズ!!

㈠　しのぶ梅
㈡　藍の糸
㈢　夢かさね
㈣　雪とけ柳
㈤　なみだ縮緬（ちりめん）
㈥　錦の松
㈦　なでしこ日和
㈧　異国の花
㈨　白に染まる
㈩　結び布（ぎれ）

ハルキ文庫